Placer insospechado

Susan Mallery

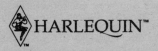

HARLEQUIN™

Editado por HARLEQUIN IBÉRICA, S.A.
Hermosilla, 21
28001 Madrid

I.S.B.N.: 978-84-671-5291-3
Depósito legal: B-35605-2007
Editor responsable: Luis Pugni
Composición: M.T. Color & Diseño, S.L.
C/. Colquide, 6 portal 2 - 3º H, 28230 Las Rozas (Madrid)
Fotomecánica: PREIMPRESIÓN 2000
C/. Algorta, 33. 28019 Madrid
Impresión y encuadernación: LITOGRAFÍA ROSÉS, S.A.
C/. Energía, 11. 08850 Gavá (Barcelona)
Fecha impresion para Argentina: 17.3.08
Distribuidor exclusivo para España: LOGISTA
Distribuidor para México: CODIPLYRSA
Distribuidores para Argentina: interior, BERTRAN, S.A.C. Vélez
Sársfield, 1950. Cap. Fed./ Buenos Aires y Gran Buenos Aires,
VACCARO SÁNCHEZ y Cía, S.A.
Distribuidor para Chile: DISTRIBUIDORA ALFA, S.A.

Capítulo Uno

Ocho segundos demasiado tarde, Willow Anastasia Nelson se dio cuenta de que su plan tenía un enorme fallo.

Había ido en coche hasta la enorme mansión de Todd Aston III para decirle lo que pensaba de él. Pero como no lo conocía personalmente, no sabía qué aspecto tenía.

Sabía que era más o menos alto, más o menos atractivo y rico. ¿No tenía el cabello negro y los ojos castaños? ¿Por qué no se le había ocurrido echar un vistazo en Internet? Debía de salir en la primera página de «Imbécilesdelmes.com».

Pero si Todd Aston era la personificación de «alto, moreno y guapo», ¿quién era el macizo rubio que tenía delante?

—Hola —dijo ella, sonriendo al hombre que le había abierto la puerta y con la esperanza de que no se le notara lo intimidada que se sentía—. He venido para hablar con el señor Todd, si es posible. Vive aquí, ¿no? Mi hermana me dijo que vivía aquí y...

Willow gruñó para sí, no estaba empezando con buen pie, estaba balbuceando.

—Mi hermana conoce al señor Todd —añadió ella.

El tipo rubio, sin apartarse para permitirle la entrada, cruzó los brazos a la altura del pecho. Era un hombre muy grande, musculoso, pero no en exceso. Parecía una pantera. Se le ocurrió que podía romperle el brazo sin pestañear siquiera.

Los ojos del hombre era verdes, como los de los felinos, pensó Willow sin dejar de compararlo con dichos animales. Era guapo y, al mismo tiempo, su rostro inspiraba confianza, a pesar de no conocerlo en absoluto. Podía ser… Sacudió la cabeza, debía concentrarse en lo que había ido a hacer allí.

–Mire, necesito hablar con Todd –dijo ella con decisión, dispuesta a dar la impresión de que controlaba la situación, dispuesta a no dejarse intimidar por la presencia de ese hombre–. Me gustaría hacer algo más que hablar, por supuesto. Todd ha causado muchos problemas a mi hermana. Al final, todo se ha arreglado, pero… ¿y si no hubiera sido así? Enfurezco cada vez que lo pienso. Me gustaría estrangularlo, como poco.

El hombre que le había abierto la puerta arqueó una ceja; luego, se abrió la chaqueta del traje. Willow sintió que la sangre le subía a la cabeza y le entraron unas ganas tremendas de echar a correr.

Ese hombre tenía una pistola.

La había visto, debajo de la chaqueta, en una especie de funda que llevaba debajo del brazo. Era como en las películas, pero mucho más aterrador.

–¿Qué es lo que quiere tratar con el señor Aston? –le preguntó ese hombre, haciéndola temblar de pies a cabeza.

Bien, no era Todd. Lo había supuesto, pero ahora estaba segura de ello.

–Yo...

Lo mejor que podía hacer era marcharse de allí. Quería gritar a Todd, no recibir un tiro. Pero su obstinación la obligó a permanecer allí, firme en su postura.

–Creo que su reacción es exagerada –murmuró ella apartando los ojos de la pistola.

–Para eso me pagan.

–¿Se ha marchado ya ese sinvergüenza a la oficina? –preguntó Willow con fingida dulzura–. Lo pillaré allí.

–No va a pillarlo en ninguna parte. ¿Quién es usted y qué quiere del señor Aston? –mientras hablaba, el hombre se llevó la mano a la pistola.

En el instituto, Willow había intentado todos los años entrar en el grupo de animadoras; pero en un mundo dominado por las amazonas, era demasiado bajita. No obstante, siempre se le habían dado bien las piruetas, los giros y los saltos.

Aprovechó esta habilidad que tenía para fingir un giro a la izquierda; sin embargo, giró hacia la derecha. Luego, pasó por debajo del brazo de aquel hombre y, de repente, se encontró dentro de la casa.

Se felicitó a sí misma. Si Todd estaba allí, lo encontraría. Una vez que lo encontrara, le gritaría y se sentiría mucho mejor.

Cruzó el amplio vestíbulo corriendo, el gigante siguiéndole los pasos. Después, aún corriendo, atravesó enormes estancias de altos techos. Aquel lugar parecía más un museo que una casa, pensó Willow mientras cruzaba lo que parecía un estudio para luego salir a un largo pasillo. Oyó al hombre de la pistola a sus espaldas. Estaba casi segura de que no le dispararía; pero, por si acaso, corrió en zigzag y se mantuvo cerca de las paredes.

–Todd –gritó mientras corría–. Todd, ¿estás en casa? Sal de donde estés, sinvergüenza. No tienes derecho a destrozar la vida de nadie. Deberías saber que no tienes derecho a eso.

Quizá no fueran las palabras adecuadas para asustarlo, pero no se le ocurría otra cosa.

Oyó pasos cerca de ella y su enfado le confirió más velocidad. Desgraciadamente, acabó en una habitación sin otra salida.

El pánico le dio energía. Se dio media vuelta rápidamente en busca de otra puerta, una ventana, cualquier cosa. Cuando vio unas enormes cortinas que iban del techo al suelo, se dirigió hacia allí a toda prisa.

¡Victoria! Unas puertas dobles daban a un patio tan grande como su escuela primaria entera. Salió fuera y miró a su alrededor.

El jardín era impresionante. El patio conducía a unas escaleras que daban a un jardín que le recordó a Versalles. Más allá había una arboleda.

¿Acaso Todd no sabía que vivía en mitad de Los Ángeles?

–Pare –le gritó el de la pistola cuando salió de la casa–. ¡Pare o la obligaré yo a parar!

Desgraciadamente, ahí fuera, su persecutor le llevaba ventaja; principalmente, porque tenía las piernas mucho más largas que ella. Por eso, unido a que Willow practicaba el deporte sólo de vez en cuando, él le ganó terreno rápidamente.

Willow trató que la indignación que sentía le confiriese más velocidad, pero no ocurrió así. Se había quedado casi sin aliento y empezó a darse por vencida.

–Voy a luchar mientras me quede una gota de vida –jadeó ella mientras corría lo que podía en dirección a los árboles.

Sólo tenía posibilidad de escapar allí, en la arboleda. En cuanto a lo de la gota de vida… tenía tendencia a dramatizar.

Sintió una mano de él tocarle el hombro y giró a la izquierda, justo donde las raíces de un árbol sobresalían sobre unas hierbas. Se tropezó, perdió el equilibrio y empezó a caerse.

Mientras caía, ocurrieron varias cosas simultáneamente. Sintió una aguda punzada de dolor en el tobillo izquierdo, vio algo gris y blanco y peludo dentro de una cavidad en la base del árbol, y sintió algo pesado en la espalda.

Cuando acabó en el suelo, casi se quedó sin respiración y, de repente, sus ojos vieron sólo luces intermitentes y cegadoras.

Cuando volvió a recuperar la consciencia, se dio cuenta de que alguien la estaba girando hasta tumbarla boca arriba y le estaba diciendo que respirase.

¿Que respirase? No podía respirar. ¡Cielos, no quería morir allí! Y menos en ese momento y de esa manera.

—Respire —repitió el hombre—. No se preocupe, no le ha pasado nada.

¿Cómo lo sabía ese hombre? ¿Cómo podía estar seguro?

Willow abrió la boca y tomó aire. El aire le llenó los pulmones. Repitió la operación hasta que las luces se desvanecieron y pudo volver a ver lo que la rodeaba.

El tipo de la pistola estaba sentado a su lado. Se había quitado la chaqueta. Lo mejor era que podía verle los músculos y eran realmente impresionantes. Lo malo era que también podía ver la pistola a la perfección.

—¿Quién es usted? —preguntó él—. ¿Una ex novia agraviada? Conozco a casi todas, pero alguna que otra se me pasa…

Willow incorporó el tronco hasta quedar apoyada en un codo.

—¿Una ex novia? No, de ninguna manera. No saldría con Todd aunque de ello dependiera la vida del planeta. Bueno, quizá, si pudiera salvar alguna especie en peligro de extinción. Todos tenemos que poner nuestro granito de arena. Es imperativo que nos demos cuenta de que, para salvar el planeta, necesitamos hacer ciertas cosas.

Él levantó una mano.

—Alto. ¿Quién es usted? —volvió a preguntar el hombre.

—Oh, perdón. Me llamo Willow. Mi hermana es Julie Nelson. Mi hermana es la novia de Ryan, el primo de Todd. Pero el desgraciado de Todd hizo todo lo posible por separarlos y yo no puedo darme por contenta. Sé que debería aceptarlo y olvidarlo, pero no estuvo bien. Todd se cree el rey del mundo sólo por el hecho de ser rico. Idiota. ¿Quién es usted?

–Kane Dennison. Soy el encargado de seguridad.

–¿Aquí, en esta casa?

La expresión de él se endureció, parecía sentirse insultado.

–El encargado de seguridad de toda la empresa.

–Ah, ya. Eso explica la pistola –Willow volvió a incorporarse hasta quedar sentada y se sacudió del jersey unas briznas de hierba–. No iba a hacerle daño, si eso era lo que le preocupaba. No tiene más que mirarme. ¿Cree en serio que podría hacerle algún daño?

El ladeó la cabeza y reflexionó sobre la pregunta.

–Es bajita y delgaducha, así que supongo que no.

Lo de bajita lo entendía, era algo que no podía evitar. ¿Pero delgaducha?

–Perdone, soy *petite*, no delgaducha.

–¿Así es como lo llama?

–Tengo curvas –le aseguró Willow, enfadada y algo dolida. Quizá sus curvas no fueran excesivamente pronunciadas ni muchas, pero ahí estaban–. Es el jersey. Como me está grande, no se ven las curvas, pero soy muy sexy.

Realmente no lo era; aunque, por supuesto, lo intentaba. Pero era una causa perdida. No obstante, que ese hombre la desdeñase de esa manera era sumamente irritante.

–Estoy seguro de que es usted deslumbrante –murmuró Kane; de repente, mirándola como si deseara estar en cualquier parte menos allí–. Siento mucho que esté enfadada con Todd, pero no tiene derecho a presentarse en la casa de él y amenazarlo. Está mal y es ilegal.

–¿En serio? –había ella quebrado la ley?–. ¿Va a hacer que me arresten?

–No, si se va ya y promete no volver nunca más.

–Es necesario que hable con él. Alguien tiene que decirle cuatro cosas bien dichas.

En los labios de Kane se dibujó una curva.

–¿En serio cree que va a asustarlo?

–Es posible –aunque, a decir verdad, se le habían quitado las ganas de ver a Todd–. Podría volver en otro momento.

–Estoy seguro de que a Todd le va a encantar la idea. ¿Tiene coche?

–¿Qué? –preguntó Willow–. Naturalmente que tengo coche.

–En ese caso, la acompañaré a su coche y olvidaremos lo que ha pasado.

Lo que él proponía tenía sentido, pero había un par de problemas.

–No puedo –dijo Willow girando el tobillo. Al instante, el dolor le hizo apretar los dientes–. Creo que me he roto el tobillo al caer.

Kane murmuró algo para sí mismo y cambió de postura para examinarle el tobillo. Lo levantó con cuidado y, mientras lo sostenía con una mano, con la otra empezó a deshacerle los cordones de las zapatillas deportivas.

Willow calzaba un treinta y nueve, un pie enorme

teniendo en cuenta que sólo medía un metro cincuenta y nueve centímetros; a pesar de ello, la enorme mano de ese hombre hacía que su pie pareciese enano. ¿No decían algunas mujeres casadas algo sobre los hombres con manos grandes?

Willow no sabía si reír o ruborizarse, así que decidió no pensar en ello y lo observó mientras él le quitaba la zapatilla deportiva.

—Mueva los dedos de los pies —dijo él.

Willow obedeció. Le dolió.

Kane le quitó el calcetín y comenzó a examinarle el pie. Willow hizo una mueca, aunque esta vez no fue debido al dolor. A pesar de no saber nada de medicina, se dio cuenta de que el pie se le estaba hinchando en cuestión de segundos.

—No tiene buen aspecto —murmuró ella—. Creo que voy a cojear durante el resto de mi vida.

Kane la miró.

—Se ha abierto el tobillo. Lo único que tiene que hacer es reposar durante un par de días y ponerse hielo en el tobillo. Estará bien enseguida.

—¿Cómo lo sabe?

—Estoy acostumbrado a ver este tipo de cosas.

—¿Ocurren mucho en su trabajo? ¿O es que trabaja con gente patosa?

Él respiró profundamente.

—Lo sé, es todo. ¿Vale?

—Eh, oiga, soy yo quien está seriamente herida. Si alguien tiene derecho a protestar soy yo.

El murmuró algo que a Willow le pareció «¿por qué a mí?», y entonces ese hombre, sin que ella se

11

diera cuenta de lo que pasaba, la levantó en sus brazos.

La última vez que a Willow la habían llevado en brazos fue cuando tenía siete años y estaba devolviendo por haber comido demasiados dulces en una feria. Se agarró al cuello de Kane con los brazos y protestó:

–¿Qué está haciendo? Suélteme. Déjeme en el suelo.

–Voy a llevarla a la casa para ponerle hielo en el tobillo. Luego, se lo vendaré y veré la mejor manera de llevarla a su casa.

–Puedo conducir.

–No lo creo.

–Usted mismo ha dicho que no es nada grave –le recordó Willow mientras notaba que a él no parecía costarle ningún trabajo llevarla en brazos. Al parecer, esos músculos eran de verdad.

–Está algo alterada. No debería conducir.

Alterada o no, no le gustaba que alguien tomara decisiones por ella. Prefería estar a cargo de su propio destino. Además, había otras cosas a tomar en cuenta.

–Se ha olvidado de mi zapatilla deportiva y mi calcetín –dijo Willow–. Y su chaqueta.

–Volveré a recogerlas cuando la deje sentada.

–¿Y la gata?

Él le lanzó una mirada que parecía cuestionar su salud mental. A Willow le fastidiaban mucho los gestos como aquél.

–La gata en el hueco del árbol. Creo que está pariendo. La vi cuando me caía. Hace frío, no podemos dejarla ahí. ¿Tiene una caja y toallas? Quizá primero unos periódicos, luego las toallas. Dar a luz es así. Ya sé que es parte del ciclo de la vida, pero todos esos fluidos…

Él tomó un camino de piedra y avanzó hacia la casa de los guardeses. Willow dejó el tema de la gata y se quedó mirando a la bonita construcción. Pero no era la casa principal.

—Eh, ¿adónde me lleva? —quiso saber ella, conjurando mentalmente imágenes de un oscuro calabozo lleno de cadenas colgando de las paredes.

—A mi casa. Ahí tengo un botiquín de primeros auxilios.

Sí, tenía sentido.

—¿Vive en esta propiedad?

—Me resulta cómodo.

—Al menos, se ahorra el transporte —Willow recorrió los jardines con la mirada—. Da al sur, tiene suerte. Podría cultivar cualquier cosa que le apeteciera.

Era aficionada a la jardinería. Le encantaba enterrar las manos en la tierra y plantar cualquier cosa.

—Si usted lo dice.

Con cuidado, él la dejó en el suelo, pero siguió sujetándola para que no cargara demasiado peso en el pie. Willow se apoyó en él, ese hombre sabía cómo hacer que una mujer se sintiera a salvo con él.

Kane se sacó las llaves de un bolsillo del pantalón, abrió la puerta y la hizo entrar.

—Si saliéramos juntos, podría decirse que esto es

muy romántico –dijo ella con un suspiro–. ¿No podríamos fingir?

–¿Qué? ¿Que salimos juntos? No.

–Estoy herida. Puede que muera y, la verdad, usted tiene la culpa. ¿Está casado?

Kane la hizo sentarse en un sillón al lado de la chimenea; luego, le colocó el pie en un reposapiés.

–Usted fue quien echó a correr, lo que le ocurre es culpa suya –dijo él–. No estoy casado y no se mueva.

Kane desapareció y Willow sospechó que había ido a la cocina. Bien, estaba claro que a Kane no le molestaba ayudarla en un momento de apuro, pero no se estaba mostrando excesivamente amistoso. Daba igual.

Miró a su alrededor y le gustaron los travesaños de madera del techo y los tonos terrosos. La estancia, aunque muy amplia, era acogedora. Los grandes ventanales daban al sur y necesitaban que unas plantas los adornaran.

En la mesa que había a su lado reposaba un libro sobre Oriente Medio. Revistas de economía poblaban la mesa de centro delante del sofá. Interesante el tipo de lectura elegido por aquel individuo dedicado a los servicios de seguridad.

–¿Tiene novia? –gritó ella.

Kane murmuró algo, pero no se entendió qué.

–No.

–¿Ha ido a por hielo?

–Sí.

–No se olvide de la caja para la gata.

—No hay ninguna gata.

—Sí, claro que sí la hay. Y hace frío. Y aunque la gata esté bien, ¿qué va a pasar con los gatitos? Son recién nacidos. No podemos dejar que se mueran.

—No hay ninguna maldita gata.

Había una gata, pensó Kane contemplando el hueco del árbol. Una gata gris y blanca con tres diminutos gatos. A pesar de haber estado preñada hasta hacía sólo un par de horas, la gata se veía escuchimizada.

Una gata vagabunda, pensó Kane preguntándose qué había hecho él para merecerse aquello. Era un hombre decente. Intentaba portarse con honestidad. Lo único que quería era que el mundo lo dejara en paz. La mayor parte del tiempo, el mundo respetaba sus deseos. Hasta ese día.

Como las probabilidades de meter a la gata en la caja eran nulas, la dejó en el suelo y reflexionó. No estaba familiarizado con los animales domésticos, pero sabía que los gatos tenían garras, dientes y que eran huraños. Sin embargo, aquella gata acababa de dar a luz; por lo tanto, quizá su debilidad le confiriera disposición para mostrarse cooperativa. Por otra parte, acababa de ser madre y tenía el instinto de protección muy desarrollado.

De cualquier forma, sabía que iba a correr la sangre y que iba a ser la suya.

Metió la mano en el hueco del árbol y agarró a uno de los gatitos. La madre se lo quedó mirando y luego le echó la zarpa a la mano. Mientras sacaba del agujero a ese diminuto animal, la madre le hincó las garras. Sí, estupendo.

—Escucha, tengo que sacaros a ti y a tus gatos de ahí dentro. Esta noche va a hacer frío y niebla. Sé que tienes hambre y estás cansada, así que cállate y coopera.

La gata parpadeó. Sus garras se cerraron.

Kane sacó a todos los gatitos y los dejó en la toalla dentro de la caja; luego, fue a agarrar a la madre. Ésta le bufó; después, se levantó y, con gracia felina, saltó al interior de la caja y se tumbó al lado de sus crías.

Kane agarró su chaqueta, la zapatilla deportiva de Willow, el calcetín, la caja y se dirigió a su casa.

No había imaginado que su día acabara así. Había elegido llevar una vida tranquila. Le gustaba aquel lugar, estaba aislado, y no le gustaban las visitas. La soledad era su amiga y no necesitaba más. ¿Por qué tenía la sensación de que todo iba a cambiar?

Entró en su casa y encontró a Willow hablando por teléfono.

—Entendido —dijo ella al auricular—. Kane acaba de volver con los gatos. Ya. No, estupendo. Gracias, Marina, te lo agradezco.

—¿Ha llamado a alguien? —preguntó Kane mientras dejaba la caja junto a la chimenea.

—Usted me ha dejado el teléfono. ¿Lo ha hecho para que no lo usara?

—Sólo para algo urgente.

—No me dijo eso. Además, ha sido una llamada local. He llamado a mi hermana. Va a traer comida de gato y una caja para los gatos. Ah, y también va a traer unos platos para la comida y la bebida para los animales, ya que supongo que no querrá que coman y beban en sus propios platos. Por otra parte, estoy segura de que mi hermana va a llamar a mi madre para contarle lo que me ha pasado, lo que significa que el doctor Greenberg va a venir a examinarme el pie antes de que me mueva.

—¿Tiene un médico que hace visitas a domicilio?

—Mi madre trabajó con él durante años. Es un médico magnífico —Willow se miró el reloj—. Calculo que acabaremos a eso de las dos o las tres. En serio. Pero si tiene que marcharse a hacer algo, por mí no se preocupe.

Como si fuera a dejarla allí sola, en su casa.

—Hoy puedo trabajar desde casa.

—Estupendo.

Willow le sonrió y lo miró como si todo fuera normal. Como si ella fuera normal.

—No puede invadir mi casa y mi vida así como así —la informó Kane.

—Yo no lo he invadido. Simplemente, me he tropezado. Literalmente.

Volvió a sonreír. Fue una sonrisa que la transformó de chica mona en mujer hermosa y le confirió brillo a sus ojos. Era como si se hubiera contado un chiste a sí misma y sólo ella lo entendiera. Lo que, dado su sentido de la realidad, debía de ser cierto.

—¿Quién demonios es usted? —preguntó Kane.

—Ya se lo he dicho, soy la hermana de Julie.

–¿Por qué no está trabajando?

–Yo también trabajo desde casa. Soy dibujante de cómics. ¿Tiene algo de comer? Estoy muerta de hambre.

Kane nunca tenía mucha comida en casa. Le resultaba más fácil comprarla fuera y llevársela a casa a la vuelta del trabajo. No obstante, debía haber algo.

–Iré a ver –Kane se dirigió a la cocina.

–No como carne, soy vegetariana.

–Sí, claro, era de esperar –murmuró él.

La gata lo siguió a la cocina. Kane examinó la despensa y encontró una lata de atún. Después de abrirla, derramó el contenido en un plato y lo dejó en el suelo. La gata empezó a tragar.

–Debía de estar muerta de hambre.

Kane alzó los ojos y vio a Willow junto a la puerta, apoyada sólo sobre un pie, agarrándose al marco y con la mirada fija en la gata.

–Pobrecilla. Sola en el mundo y preñada. El gato que la dejó preñada no se ha molestado en quedarse a su lado por si necesitaba algo. Típico. Un reflejo perfecto de nuestra sociedad actual.

Kane se frotó las sienes, notaba el principio de una jaqueca.

–Debería quedarse sentada –dijo él–. Necesita hielo en el tobillo.

–El hielo me está dando frío. ¿Tiene té?

Kane tuvo ganas de responder que aquello no era un restaurante y que no, que no tenía té. Esa mujer debería estarle agradecida de que él no los hubiera dejado a ella y a los gatos ahí fuera, congelándose.

Aunque estaban en Los Ángeles y allí nunca se congelaba nadie; por otra parte, se lo había impedido algo en los azules ojos de Willow, algo que indicaba ingenuidad y confianza en la gente.

Era la clase de mujer que nunca esperaba nada malo de las personas, y habría apostado una buena parte de su sustanciosa cuenta bancaria a que, con frecuencia, se había visto defraudada.

–No tengo té.

Ella asintió.

–No le gusta el té, ¿eh? Demasiado macho para beber té.

–¿Macho?

–Masculino, viril… como quiera llamarlo.

–¿Viril?

–Estoy haciendo suposiciones. Puede que no sean ciertas. No parece que haya una mujer en su vida.

A Kane le dieron ganas de pegarle un grito.

–Me estropea el día, amenaza a mi jefe, huye a toda carrera, me culpa de haberse tropezado y ahora cuestiona mi… mi…

–¿Masculinidad? –Willow lo ayudó a terminar la frase–. ¿Lo estoy haciendo enloquecer? Ocurre a veces. Hago lo posible porque no ocurra, pero nunca sé muy bien cuándo lo hago.

–Lo está consiguiendo, sí.

–En ese caso, pararé. ¿Le parece bien que vuelva a sentarme en el sillón?

–No se puede imaginar lo bien que eso me parece.

–De acuerdo.

Willow se volvió, pero estuvo a punto de caerse otra vez y se agarró al marco de la puerta para no perder el equilibrio. Kane lanzó un juramento y, pasando por encima de la gata, fue a alzarla en sus brazos.

–Debe de ser la pérdida de sangre –dijo Willow apoyando la cabeza en el hombro de él–. Pronto me recuperaré.

–Sobre todo, teniendo en cuenta que no ha perdido sangre.

–Pero podría haber ocurrido.

Kane volvió la cabeza y la miró. Fue entonces cuando se dio cuenta de lo próximas que estaban sus bocas. Los ojos de él se clavaron en los curvos labios de Willow y sintió un repentino deseo de besarla. Sólo unos segundos. Sólo para averiguar a qué sabía.

No debía hacerlo. Sólo conseguiría hacerle daño, era inevitable.

–No me molestaría –susurró ella–. Sé que no soy su tipo, pero le aseguro que no se lo contaría a nadie.

Kane no sabía a qué se refería y no le importaba. Por primera vez en la vida, iba a hacer algo que sabía que no debía hacer.

Iba a besarla.

Capítulo Dos

El beso que Kane le dio la dejó sin respiración. Potente, sensual, erótico. Willow no sabía en qué radicaba la diferencia de otros besos, pero era diferente.

Los labios de Kane eran firmes, exigentes, pero llenos de una ternura que le hizo desear darle lo que él quisiera. Sabía que Kane podía tomar de ella lo que quisiera, era perfectamente capaz de hacerlo; pero el hecho de que no lo hiciera lo hacía aún más atractivo.

Willow se aferró a él, rodeándole el cuello con los brazos. Apretó su cuerpo contra el de Kane. Y cuando Kane le acarició el labio inferior con la lengua, ella abrió la boca al instante.

Mientras se apoderaba de su boca, ella sintió un profundo calor en todo el cuerpo. El deseo la hizo temblar y, de haber estado de pie, se habría caído.

La lengua de él la exploró, la excitó. Kane tenía sabor a café y a algo exótico que la dejó deseando más. Le devolvió el beso con un entusiasmo que, probablemente, debería haberle avergonzado; pero supuso que, al ser una cosa del momento, debería dejarse llevar.

El beso continuó hasta que diversos puntos de su anatomía empezaron a quejarse, exigiendo el mismo tratamiento que su boca. Los pechos le picaban y sentía un cosquilleo entre las piernas.

Por fin, Kane alzó la cabeza y la miró. La pasión oscurecía los ojos de él, haciéndolos parecer las nubes tormentosas, algo que jamás había pensado de los ojos de un hombre. El deseo tensaba sus facciones, confiriéndoles un aspecto depredador.

—¡Quieres acostarte conmigo! —anunció Willow, tan contenta que estuvo a punto de besarlo otra vez.

Él murmuró algo ininteligible y la llevó de vuelta al sillón del cuarto de estar.

—No nos vamos a acostar —lo informó Kane.

—Sí, eso ya lo sé. No nos conocemos. De todos modos, te gustaría.

Kane sacudió la cabeza.

—¿Kane?

Él la miró.

Willow contuvo la respiración al ver en los ojos de Kane que aún la deseaba. Algunos hombres le habían propuesto ir a la cama, pero nunca la habían deseado de verdad.

—Vaya, no son imaginaciones mías. Eres un encanto. Gracias.

—No soy un encanto. Soy un frío sinvergüenza.

Ni hablar. Willow sonrió.

—Me has hecho feliz. Los hombres no me desean sexualmente.

Kane la miró de pies a cabeza; una mirada muy sexual.

Willow supuso que debería sentirse insultada, pero le resultó fascinante.

—Créeme, los hombres te desean. Lo que pasa es que no te das cuenta.

—No, no es verdad. Yo soy la clase de chica simpática y cariñosa que acoge en su casa a hombres que se sienten perdidos. No es que se vengan a vivir conmigo, claro está, pero los ayudo. Los animo, los apoyo, los mimo… y luego se van. Pero esos hombres nunca… bueno, ya sabes.

—¿Nunca han mostrado interés en acostarse contigo? —preguntó él sin andarse con rodeos.

Willow parpadeó.

—No; por lo general, no. La verdad es que no me importa. Con algunos hago amistad, con otros… —Willow se encogió de hombros—. En fin, es la vida.

Y realmente no le molestaba. Su destino era ayudar a los hombres y luego, cuando estaban bien, se quedaba sola. Sin embargo, a veces no le habría importado que la vieran como algo más que una amiga. Había habido un par de ellos con los que le habría gustado llegar a algo más.

—Dejemos las cosas claras, yo no necesito que me ayuden —dijo Kane.

Willow no sabía si creerlo o no, pero estaba dispuesta a no profundizar en ese tema de momento. Sobre todo, porque el deseo que veía en él era increíble.

—Eres tan fuerte y tan guapo… —dijo ella con un suspiro—. Aunque no seas mi tipo.

—Me alegra saberlo —comentó él irónicamente.

—Puedes besarme otra vez. Te lo permito.

—Aunque es una invitación irresistible, prefiero ir a ver qué te puedo dar de comer.

Willow tenía hambre.

—Pero todavía me deseas, ¿no? No se te ha pasado.

Kane la miró a los ojos y ella, al ver que el deseo seguía allí, sintió un intenso calor en lo más íntimo de su cuerpo.

—¡Vaya, eres increíble! —exclamó Willow mientras Kane se daba media vuelta y se alejaba.

—Vivo para servir.

Willow lo oyó abrir armarios y cajones en la cocina mientras miraba a la gata, que lamía a sus cachorros.

—Creo que vais a ser muy felices aquí —le susurró ella a la gata—. Kane es buena persona. Os cuidará bien.

Mejor dicho, los cuidaría bien una vez que ella lo convenciera de que quería quedarse con la gata y sus crías. Estaba convencida de que Kane, en el fondo, tenía un gran corazón.

Alguien llamó a la puerta.

—Yo abro —dijo ella al tiempo que se deslizaba hacia el borde del sillón con el fin de ponerse en pie apoyándose sólo en una pierna.

—Ésta es mi casa y abro yo —la informó Kane acercándose a la puerta—. Quédate donde estás, no te muevas.

—Besas demasiado bien para asustarme —lo informó Willow.

Kane la ignoró y abrió.

—¿Sí?

–Soy Marina Nelson. He venido a ver a mi hermana –Marina dejó una bolsa en las manos de él–. Hay más en el coche.

Willow saludó a su hermana desde el sillón.

–Has venido.

–Claro que he venido. Has dicho que te habías caído y que te habías roto un tobillo.

–He llamado a Marina porque sabía que, a estas horas, estaría en casa –le explicó Willow a Kane–. Julie está trabajando. ¿Vas a dejarla entrar?

–No lo he decidido todavía.

–Podrías empujarlo –le dijo Willow a su hermana.

Marina sacudió la cabeza.

–Es demasiado fuerte.

Willow abrió la boca para decir que Kane no era tan duro como parecía y que besaba maravillosamente bien, pero lo pensó mejor. Era la clase de información que se debía mantener en secreto.

–Os parecéis –dijo Kane.

Willow suspiró. Kane parecía decidido a poner las cosas difíciles.

–Las tres nos parecemos, es genético. Bueno, ¿vas a dejarla entrar?

–¿Tengo otra alternativa?

–Si no me dejas entrar, volveré con refuerzos –lo informó Marina.

–Está bien.

Kane se echó a un lado y Marina entró en la casa. Rápidamente, se dirigió al sillón y abrazó a su hermana.

–¿Qué demonios te ha pasado? ¿Qué estás haciendo aquí? ¿Qué le has hecho a tu pobre pie? –Marina se sentó en el reposapiés y se inclinó hacia delante–. Empieza por el principio y cuéntamelo todo.

Kane llevó la bolsa a la cocina y luego salió de la casa.

–Habla –insistió Marina.

–No he conseguido olvidar lo de Todd –comenzó Willow–. Cada momento que pasaba estaba más y más furiosa. En fin, esta mañana, al despertarme, no podía aguantarlo más.

Marina se la quedó mirando.

–Por favor, dime que no has venido aquí para enfrentarte a él.

–Eso es exactamente lo que ha hecho –dijo Kane, entrando con unas cuantas bolsas más–. ¿Hay más en el maletero?

–No, sólo ésas en el asiento de atrás del coche. Gracias.

Kane lanzó un gruñido y desapareció en la cocina.

Willow lo miró mientras se iba, y le gustó mucho la forma como los pantalones se le ajustaban al trasero. Nunca antes se había fijado en el trasero de un hombre, pero nunca había visto uno tan bonito.

–Willow –dijo Marina con impaciencia.

–¿Qué? Ah, perdona. Bueno, vine para pegarle unos cuantos gritos a Todd. Estuvo a punto de hacer que Julie y Ryan se separasen y no podía soportar pensar en ello. ¿Quién demonios se ha creído que es? Además, está lo del millón de dólares y Todd es tan

ególatra que debe de estar pensando que nos mori-
mos de ganas de verlo ahora que Julie está prometida. Tengo ganas de darle con un bastón en la cabeza.

—Para ser vegetariana y tan amante de la naturaleza, eres sorprendentemente violenta —dijo Kane
desde la cocina.

—No soy violenta —respondió Willow alzando la
voz—. No he sido yo quien va por ahí con una pistola. A propósito, ¿dónde está?

—Escondida.

Marina agrandó los ojos.

—¿Tenía una pistola?

—Sí, pero no te preocupes. Cuando llegué aquí
esta mañana, Kane abrió la puerta y supongo que
me consideró una auténtica amenaza. Intentó detenerme.

—¿Qué?

—Es su trabajo. Es el encargado de seguridad de
todas las empresas de Todd y Ryan. No le gusta que
la gente piense que sólo está a cargo del cuidado de la
casa —Willow se inclinó hacia delante y bajó la voz—.
Intentó detenerme, pero yo eché a correr y salí al jardín, pero Kane me dio alcance. Luego, me tropecé y,
al caer, me destrocé el tobillo. Fue entonces cuando
vi a la gata con sus crías. Y eso ha sido todo, aquí estamos.

Marina se tapó la boca con una mano; luego, la
dejó caer.

—No sé si reír o llorar. Willow, Willow, eres imposible.

Kane salió de la cocina con un cajón de arena para gatos en las manos.

–¿Es esto lo que creo que es?

–Sí, si piensas que es una cajón de arena para gatos –respondió Marina antes de volverse hacia su hermana–. Es biodegradable. Estupenda, ¿verdad?

–Sí. Gracias. ¿Dónde te parece que la pongamos?

Marina miró a su alrededor.

–En un sitio algo más escondido.

Kane se quedó mirando a las dos mujeres. ¿Qué estaba pasando? ¿Cuándo había perdido el control de la situación… y de su vida?

–Voy a mirar para ver dónde lo ponemos –declaró Marina poniéndose en pie. Luego, le quitó el cajón a Kane–. Creo que necesitas unos minutos para recuperarte, has tenido muchas sorpresas esta mañana.

Kane la vio salir al pasillo.

–¿Tienes un recogedor? –le preguntó Willow–. Será mejor que pongas uno al lado del cajón y también papel higiénico.

Kane iba a preguntar para qué, pero se contuvo. Sí, la caja era, fundamentalmente, el cuarto de baño de un gato.

–Supongo que la gata sabrá utilizar todo eso, ¿no? –preguntó él mirando a la gata.

–Sí, claro. Lo único que tenemos que hacer es indicarle dónde está.

Marina regresó sin la caja.

–Lo he dejado en el baño de la habitación de invitados –se acercó a su hermana y se agachó para hablarle en tono confidencial–. No parece que tenga novia, es prometedor.

Kane se enfadó.

–Estoy aquí y no soy sordo.

Willow le sonrió.

–Ya lo sabemos.

–No parece un mal tipo –continuó Marina–. Pero dada tu experiencia con los hombres…

–Es verdad –respondió Willow con tristeza–. Pero quizá éste sea diferente.

–Sigo aquí –anunció Kane.

–Podrías ir a dar de comer a la gata –le dijo Willow–. Estarás mejor en la cocina mientras nosotras hablamos de ti a tus espaldas.

En cierto modo, por loco que pareciese, tenía sentido. Kane se marchó a la cocina, preguntándose qué había pasado. Al principio de aquella mañana todo había sido normal. Luego, lo habían invadido. Había gente en su casa y él no era dado a la gente.

Examinó el contenido de las bolsas. Había comida de gato y tres cuencos. La gata entró precipitadamente en la cocina y empezó a merodear. Se lanzó a la comida en el momento en que él vertió el contenido de una lata en un cuenco.

Mientras el animal comía, Kane examinó el resto de las bolsas. Marina había llevado pan, miel, varios cartones de sopa congelada, galletas, manzanas, peras, un jabón perfumado y el último número de una revista del corazón. ¿Pensaba que su hermana iba a quedarse ahí?

Kane sintió que algo le rozaba la pierna. Al bajar la mirada, vio a la gata frotándose contra él.

Sintiéndose incómodo, algo estúpido y como si le estuvieran tomando el pelo, se agachó y acarició la cabeza del animal.

Nunca le habían gustado los animales domésticos. De niño, sólo se encargaba de sí mismo. Cuidar de algo o alguien era ponerse en una situación de dependencia. En el ejército, había soldados que tenían perros, él no.

Se enderezó. Oyó a Willow y a Marina hablando en el cuarto de estar, aunque no podía oír lo que decían. Menos mal. Y ahora… ¿qué? ¿Qué podía hacer? Se suponía que ésa era su casa, pero se sentía un extraño en ella.

Llamaron a la puerta. Antes de que él pudiera decir nada, Marina le gritó que ella abriría. Entró en el cuarto de estar en el momento en que una versión de Willow, con más años, apareció en su casa. Dicha versión de Willow iba acompañada de un tipo de unos cincuenta años con traje.

–Mamá, no era necesario que vinieses –dijo Willow–. Estoy bien.

La madre dio a Marina una cacerola y luego se acercó apresuradamente a Willow.

–No estás bien. Estás herida. ¿Cómo no iba a venir? ¿Acaso te iba a dejar aquí sufriendo?

–Oh, mamá.

El hombre se acercó a Kane.

–Soy el doctor David Greenberg, un amigo de la familia.

–Kane Dennison.

Se dieron la mano.

El doctor Greenberg se acercó al reposapiés.

–Hola, Willow. Vamos a ver qué te has hecho.

La madre de Willow se retiró. Marina le tocó el brazo.

–Éste es Kane, mamá.

La mujer le sonrió.

–Hola. Naomi Nelson. Mi hija ha dicho que la trajo usted aquí en brazos y que le ha salvado la vida.

Willow había hecho unas cuantas llamadas telefónicas y había dado mucha información en el corto espacio de tiempo que él se había ausentado, pensó Kane, que no estaba seguro de si debería castigarla o mostrarle su admiración.

–No creo que su vida corriese peligro –dijo Kane.

–Mamá, ahí están los gatitos –dijo Willow, señalando la caja.

–Ah, acaban de nacer.

Mientras Naomi se acercaba a ver a los gatos, Marina le mencionó algo sobre meter la cacerola en la nevera. Kane se quedó quieto, mirando al médico mientras éste examinaba el tobillo de Willow.

–¿Te duele si te toco aquí? –preguntó el médico presionando el tobillo–. ¿Y si te toco aquí?

Ella respondió a las preguntas del médico y luego miró a Kane. Él sintió el impacto de aquella mirada en todo el cuerpo; especialmente, en la entrepierna. Era extraño, a pesar de que Marina se parecía mucho a Willow, no lo atraía. Sin embargo, con sólo mirar a Willow…

El doctor Greenberg continuó el examen del pie durante un par de minutos más y, entonces, le dio a la paciente una palmada en la rodilla.

–Sobrevivirás. Es un pequeño esguince. Lo tienes un poco hinchado, pero sólo durará un par de días. Sigue así, con el pie en alto y hielo. Mañana ya notarás mejoría.

–Me duele –se quejó Willow con un suave susurro.

El médico sonrió.

–Sí, ya sé que no aguantas mucho el dolor. Cuando eras pequeña, llorabas antes de que te pusiera una inyección –el médico sacó un bote de pastillas de su botiquín–. Las pastillas te aliviarán el dolor, tómalas de vez en cuando. Pero nada de conducir hasta mañana, las pastillas atontan un poco.

Ella sonrió.

–Gracias, doctor.

El médico se agachó y le dio un beso en la mejilla.

–Eres el rigor de las desdichas –comentó el médico.

–No lo he hecho a propósito.

–Ya, pero estas cosas siguen ocurriéndote a ti.

Naomi se acercó.

–Gracias por venir.

El doctor Greenberg encogió los hombros.

–Las conozco de toda la vida, son como de la familia. En fin, voy a volver a mi consulta.

–Estaré allí dentro de una hora –le prometió Naomi.

Marina y Naomi llevaron agua a Willow para que

se tomara una pastilla, más hielo y algo de comer. Kane, algo apartado de ellas, las observó mientras se movían por su casa como si les perteneciera.

Por fin, Marina fue la primera en marcharse, dejando a Willow y a su madre. Naomi lo llamó para hablar con él en la cocina.

—Gracias por su ayuda. Siento haberle invadido la casa de esta manera.

—No se preocupe —respondió Kane.

—Bueno, voy a recoger las cosas de mi hija y la llevaré a casa.

Kane miró a aquella mujer. Debía de tener unos cincuenta y cinco años y estaba en buena forma, pero no podía llevar a su hija a cuestas.

—Yo la llevaré. Usted no podría meterla en casa sola.

—Sí, creo que tiene razón, no había pensado en ello —contestó Naomi—. ¿No puede mi hija ir a la pata coja?

—No lo creo. No se preocupe, yo la llevaré a su casa.

—Si no le resulta una molestia… —Naomi se miró el reloj y Kane se dio cuenta de que la mujer estaba pensando que tenía que volver al trabajo.

—Pregúntele a Willow si le parece bien lo que hemos decidido —dijo Kane.

Naomi asintió y volvió al cuarto de estar. Kane la siguió y observó a Willow mientras escuchaba a su madre.

—De acuerdo —dijo Willow mirándolo a él, sus ojos azules llenos de humor.

Kane entrecerró los ojos. ¿Qué demonios estaba pensando hacer ahora esa chica?

Naomi dio un abrazo a su hija; luego, se acercó a él y le ofreció la mano.

—Ha sido usted muy amable. No sé cómo darle las gracias.

—No se preocupe, no ha sido nada.

—Buena suerte con la gata y las crías, le van a dar trabajo.

A Kane eso le daba igual, no iban a estar en su casa mucho tiempo.

Por fin, Naomi se marchó y Kane se quedó a solas con Willow.

—Perdona que haya venido tanta gente. Lo siento —dijo ella.

—No, no lo sientes. Has sido tú quien les ha dicho que vinieran. Querías que vinieran.

—Está bien, tienes razón. Pero ha sido porque no sabía si me iba a morir o no.

—Los esguinces en el tobillo no suelen ser mortales.

—Al menos, han traído comida —Willow sonrió—. Te gusta comer, ¿no?

—¿Cómo lo sabes?

—Eres un hombre. A los hombres les gusta comer.

—Voy a por la comida del gato —dijo Kane, y volvió a la cocina.

—¿Todavía no le has dado de comer? —preguntó Willow indignada.

—Claro que le he dado de comer. Pero voy a por la comida para que te la lleves —contestó Kane conteniendo un gruñido.

–No me voy a llevar a los gatos. En el edificio donde vivo no permiten tener animales domésticos, ése es uno de los motivos por los que alquilé un piso en ese edificio. El otro es que tiene jardín y, después de plantarlo, ha quedado precioso.

Kane casi nunca sufría jaquecas, pero estaba a punto de que le diera una.

–Yo no me voy a quedar con los gatos.

–No tienes más remedio que hacerlo –lo informó ella–. Los gatitos acaban de nacer y tienen que quedarse donde están, con su mamá. Ah, y sería mejor que pusieras en la caja donde están una bolsa de agua caliente.

–No quiero quedarme con los gatos –dijo él con firmeza–. Ni con éstos ni con ninguno.

–¿Cómo puedes ser tan desalmado?

Willow había hablado en tono muy quedo, sus palabras apenas audibles; sin embargo, él las sintió con el mismo impacto que una bofetada.

–Está bien –añadió Willow–. Recoge las cosas de los gatos. Ya me las arreglaré.

Kane había liderado grupos de hombres en algunas de las regiones más peligrosas del mundo. Había matado para sobrevivir y lo habían dado por muerto en más de una ocasión. Sin embargo, nunca se había sentido tan fuera de lugar como en ese momento.

¿Qué le importaba lo que esa mujer pensara de él? Sólo se trataba de unos gatos, que se los llevara ella.

Kane, en la cocina, metió la comida en una bolsa; luego, llevó la bolsa al cuarto de estar. Pero cuando miró a Willow, vio que se había quedado dormida.

Willow tenía la cabeza apoyada en el brazo del sillón, sus largos cabellos rubios destacaban contra el oscuro cuero del sillón. Estaba sentada sobre una de sus piernas, la otra la tenía estirada y apoyada en el reposapiés, el tobillo envuelto con una bolsa de hielo.

–Willow…

Ella no se movió. Además de no aguantar el dolor, los analgésicos parecían haber tenido un gran efecto en ella. Ahora no le extrañaba que el médico le hubiera prohibido conducir bajo el efecto de los calmantes.

Willow se despertó sin tener idea de dónde estaba. Se incorporó en el sillón y estuvo a punto de ser presa de un ataque de pánico. Pero entonces recordó.

Una rápida mirada al reloj de la mesilla de noche le indicó que eran casi las doce de la noche. ¡La pastilla, realmente, le había hecho efecto! Se sentó en la cama y miró a su alrededor. La luz del cuarto de baño le permitió ver siluetas, incluida la cama donde estaba. Supuso que se trataba de la habitación de invitados, advirtiendo que la cama no era enorme y el mobiliario, en vez de ser masculino, era neutro. Una pena. No le habría importado despertar en la cama de Kane… con él.

Sonriendo, se miró a sí misma y vio que, a excepción de los zapatos, estaba completamente vestida. Kane se había portado como un caballero. ¿Por qué tenía tan mala suerte?

Willow suspiró. Había algo en Kane que la indu-
cía al descaro. Quizá fuera porque, en el fondo, se
sentía a salvo con él. Era como si supiera que, junto
a Kane, no podía pasarle nada malo, él la protege-
ría.

Nunca se había sentido segura con nadie.

Se levantó de la cama y se puso en pie con cuidado. Aunque el tobillo aún le molestaba, había me-
jorado mucho. Casi podía caminar con normalidad.

Después de ir al cuarto de baño, fue en busca de
su anfitrión.

Kane estaba en el cuarto de estar, leyendo. Al entrar ella, él levantó la cabeza y la miró.

—Lo siento —dijo Willow—. Las pastillas me han dejado grogui.

—Ya lo he notado.

—Veo que me has llevado a la cama.

—Sí.

—Y que no me he despertado.

—Eso parece.

—No me has quitado la ropa.

—Me ha parecido lo más correcto.

—Está bien.

—¿Debería haberte desnudado y haberme apro-
vechado de ti mientras dormías? —preguntó Kane
con una sonrisa irónica en los labios.

—No, claro que no. Es sólo que…

Kane la había besado ya. ¿No le había gustado?

Kane se levantó y se acercó a ella. En menos de
un segundo, el humor había desaparecido de su mirada, que ahora era depredadora.

—Tu juego es muy peligroso —la informó Kane—. No me conoces.

Era verdad. El sentido común le dictaba contención, le dictaba volver a la habitación de invitados y cerrar la puerta con llave. Pero… Kane la había deseado antes. Su sentido común debía recordar lo poco que eso le ocurría.

Kane alzó la mano y le acarició una hebra de cabello.

—Como la seda —murmuró él.

Volvió a ver pasión en los ojos de Kane. Sintió fuego, tentación…

Capítulo Tres

–No lo entiendo –dijo Willow–. No soy tu tipo.

–Eso ya lo has dicho antes. ¿Cómo puedes saberlo?

–No soy el tipo de nadie.

–No te creo –contestó Kane sacudiendo la cabeza.

–Es verdad. Mi doloroso pasado, en lo que a las relaciones románticas se refiere, lo demuestra. Para los hombres soy una buena amiga, alguien con quien hablar de cosas íntimas.

–Yo no hablo de cosas íntimas con nadie –la informó Kane.

–Deberías hacerlo. Es muy sano. Hablar de los problemas ayuda a resolverlos.

–¿Cómo lo sabes?

–Lo he leído en una revista, creo. Se aprende mucho con las revistas.

La oscura mirada de él continuó fija en su rostro.

–Vuelve a la cama. Te llevaré a tu casa mañana por la mañana.

¡No! Willow se negaba a que se la mandara a la cama como si fuera una niña.

–Pero ¿dónde vas a dormir tú?

–En mi cama, en mi cuarto. Tú estás en el de invitados.

–¿Es que no lo entiendes? Los dos estamos coqueteando, ¿no sería mejor seguir?

Con la velocidad del rayo, Kane le rodeó la cintura con un brazo y enterró los dedos de la otra mano en sus cabellos. Sus cuerpos estaban en contacto.

Willow tenía la sensación de que Kane estaba tratando de intimidarla; no obstante, le resultaba imposible tenerle miedo.

–No vas a hacerme daño –susurró ella.

–Tu fe en mí es infundada. No sabes lo que puedo hacerte.

Kane bajó la cabeza y la besó dura, exigentemente. Se adentró en su boca y le acarició la lengua; luego, le chupó los labios.

Willow le rodeó el cuello y dio tanto como recibió, desafiándolo con la lengua. Lo sintió ponerse tenso, sorprendido. Entonces, Kane la estrechó contra sí.

Kane interrumpió el beso y se la quedó mirando a los ojos.

–Soy peligroso y no me gustan los jugueteos –dijo él–. No te convengo. No soy un hombre encantador. No llamo por teléfono al día siguiente y no me interesa pasar más de una noche con una mujer. No me puedes cambiar, ni reformar ni curarme. Deberías alejarte de mí, créeme.

Las palabras de Kane la hicieron temblar.

–No me das miedo –le dijo ella.

–¿Por qué no?

Willow sonrió y le acarició el labio inferior con la yema de un dedo.

–Estoy de acuerdo en que eres un tipo duro y, probablemente, asustas. Pero Kane, me rescataste y también a los gatos, has sido amable con mi madre y con mi hermana; y cuando me llevaste a la cama, ni se te pasó por la cabeza aprovecharte de mí. ¿Cómo no me vas a gustar?

Kane cerró los ojos y lanzó un gruñido.

—Eres imposible —comentó Kane abriendo los ojos.

—No es la primera vez que oigo eso.

—También eres irresistible.

—Eso es nuevo —contestó Willow suspirando—. ¿Podrías repetirlo?

Kane la empujó hasta ponerla contra la pared. Willow sintió su cuerpo, su erección, contra ella.

—Te deseo —dijo él con voz ronca—. Quiero verte desnuda, rogándome y desesperada. Quiero penetrarte y hacerte olvidar hasta quién eres. Pero sería una tontería por tu parte dejarte hacer. Si esperases algo de mí, lo único que lograrías es sufrir. En cualquier caso, me voy a apartar de ti. Tú decides.

Willow vio sinceridad en sus ojos. Una vez más, el sentido común le decía que la habitación de invitados era la opción más sabia. Pero ella nunca había conocido a nadie como Kane y lo más probable era que no volviera a conocer jamás a alguien así. Kane se proclamaba un hombre duro y quizá lo fuera, pero ella tenía la impresión de que había algo más que Kane no quería que viera en él.

¿Echarse atrás? Imposible. Quizá Kane la hiciera sufrir, pero quizá no. Estaba dispuesta a correr ese riesgo. Tenía que hacerlo. Se sentía increíblemente atraída hacia él.

Además, ese hombre podía hacerla temblar con sólo una mirada.

–Para insistir tanto en que la gente no te importa, estás haciendo lo imposible por evitarme sufrir –dijo ella–. Quizá deberías dejar de hablar y besarme otra vez.

–Willow.

–¿Lo ves? Sigues con lo mismo. He entendido las reglas del juego y estoy dispuesta a seguirlas, pero tú sigues hablando. ¿Sabes una cosa? Creo que lo tuyo es una máscara. Creo que…

Kane la agarró y la besó. Sin más. La besó profunda y apasionadamente, sin pausa y con posesividad.

Willow apoyó las manos en los hombros de Kane y se inclinó sobre él. El cuerpo de Kane sujetaba el suyo. Ella ladeó la cabeza y le aprisionó la lengua con los labios, succionándola.

Kane se puso tenso; luego, dio un paso atrás y se la quedó mirando. Había placer y pasión en sus ojos, una mezcla irresistible.

–No me asusto fácilmente –dijo Willow encogiendo los hombros.

Kane sacudió la cabeza; después, la levantó en sus brazos y fue al pasillo.

Entraron en una habitación iluminada por una lámpara encima de una mesilla de noche. Ese cuarto sí era totalmente masculino, con mobiliario de madera oscura. La cama era inmensa.

Kane la dejó en la cama y la miró fijamente.

Willow reconoció el reto de su mirada y se negó a apartar los ojos, ni siquiera cuando Kane empezó a desabrocharse la camisa. A la camisa le siguió una camiseta, dejándole el pecho desnudo.

Willow contuvo la respiración. Era tan musculoso como había imaginado, pero tenía docenas de cicatrices en el cuerpo: círculos pequeños e irregulares, y largas líneas. Cicatrices de heridas y operaciones.

¿Qué le había pasado a ese hombre? ¿Quién le había hecho daño y por qué?

Pero no era el momento para hacer esas preguntas. Kane se quitó los zapatos y luego los calcetines. Siguieron los pantalones y los calzoncillos.

Kane estaba desnudo. Sumamente guapo, duro y a punto. Ese cuerpo se merecía ser inmortalizado en mármol, pensó Willow. Lo debería esculpir un maestro. Aunque sabía que Kane jamás accedería a posar.

Kane se llevó las manos a las caderas y se la quedó mirando.

—Todavía estás a tiempo de salir corriendo —la informó él.

—No puedo correr con este tobillo.

—Sabes a qué me refiero.

—Sí, lo sé. Y no voy a ir a ninguna parte.

Kane dio un paso hacia la cama; entonces, se detuvo.

—Por favor, Willow…

Ella se quitó el jersey y lo tiró al suelo.

—¿Qué es lo que tiene que hacer una chica para llamar tu atención?

Kane emitió un sonido gutural antes de lanzarse a la cama, encima de ella, rodando con ella hasta colocársela encima. Y la besó hasta la saciedad.

Sus lenguas danzaron. Kane le acariciaba la espalda con las yemas de los dedos y, cuando llegó a la cinturilla del pantalón, deslizó las manos por debajo de los pantalones y le apretó las nalgas.

Willow sentía la erección de él en el estómago. Quería que las manos de Kane estuvieran en todo su cuerpo, tocándoselo.

Kane se dio la vuelta y la dejó tumbada boca arriba. Sus oscuros ojos se clavaron en ella.

–Eres preciosa –susurró antes de desabrocharle el sujetador.

Las palabras de Kane la excitaron, pero no tanto como la boca de él en sus pechos.

Kane la chupó y ella lo sintió en el vientre y en la entrepierna. Los dientes de Kane le mordisquearon un pezón; luego, lo chupó hasta hacerla gritar.

El deseo aumentó hasta hacerse insoportable. Willow movió las piernas. Quería quitarse el resto de la ropa y sentir su cuerpo desnudo pegado al de él.

Kane empezó a besarle el estómago, el vientre. Le desabrochó los pantalones y continuó besándola. Besos suaves, besos húmedos, mordiscos. Enloquecedores.

Con movimientos rápidos, Kane le quitó los pantalones y las bragas, dejándola desnuda. Entonces, sus besos continuaron un camino en descenso.

Cuando estaba a unos centímetros de la tierra prometida y ella pensaba que iba a morirse si no la tocaba *ahí*, Willow separó las piernas y se preparó para el asalto.

Fue increíble. Ardiente y húmedo, rápido y lento, y todo lo demás. Kane la chupó toda, la hizo gemir hasta hacerle rogarle que no se detuviera.

Kane movió la lengua sin tregua, llevándola casi al clímax para luego detenerse. Willow estuvo a punto de tener un orgasmo dos veces, pero Kane se paró, impidiéndoselo.

Ella respiraba trabajosamente. Se agarró a las sábanas e hincó los talones en el colchón. Kane continuó chupándola y lamiéndola acelerando el ritmo, llevándola casi al clímax otra vez. Estaba a punto, tan a punto…

–Kane –jadeó ella.

Él se detuvo. Willow no alcanzó el orgasmo y casi gritó de frustración. Entonces, Kane le introdujo un dedo. Dentro y fuera, dentro y fuera. La intensidad del tenso placer que sentía la dejó atónita. Casi no podía respirar. Kane le cubrió con la lengua su punto erógeno más sensible y lo succionó; al mismo tiempo, le acarició con la punta de la lengua.

Willow estalló entonces. Fue un estallido sobrecogedor, casi violento. Nunca había sentido nada igual.

El placer pareció durar una eternidad. Por fin, empezó a disiparse y Kane, alzando la cabeza, la miró.

Aún había deseo en esos ojos oscuros, pero también satisfacción.

–Me siento como si no tuviera huesos –susurró ella.

–Como debe ser.

–Se te da muy bien esto.

–Contigo es fácil.

Willow sonrió.

–Justo lo que a una mujer le gusta oír.

Kane se arrodilló entre las piernas de ella y alargó un brazo hacia el cajón de la mesilla de noche.

—Eres muy apasionada.

—Muy bien, sigue así.

Kane se puso un condón y se colocó entre los muslos de ella. Sus oscuros ojos reflejaban ardor y deseo. Con una mano, Willow lo introdujo en su cuerpo; entonces, al sentirlo dentro, jadeó.

Pero Kane se movió lentamente, dándole tiempo.

Willow quería que a él le resultase la experiencia tan placentera como lo había sido para ella, y se movió. Kane jadeó.

Mientras se movía en su interior, la excitó otra vez. Entonces, empezó a moverse cada vez con más rapidez.

Willow no sabía qué le estaba pasando. Era todo tan maravilloso, tan increíble, tan…

El orgasmo la arrolló como olas de perfecto placer. Kane empezó a mover las caderas sin compasión, y ese movimiento fue suficiente para prolongarle a ella el orgasmo casi infinitamente.

Nunca había tenido una experiencia igual. Jamás había imaginado que su cuerpo fuera capaz de sentir todo eso. Se aferró a Kane, entregándosele por completo, sintiéndolo más y más cerca hasta que lo oyó lanzar un gemido y luego notó que se quedaba quieto.

Willow trató de recuperar la respiración. Estaba segura de que nunca podría ser la misma después de aquello.

Kane se tumbó boca arriba y la atrajo hacia sí.

Willow se acurrucó junto a él y apoyó la cabeza en su hombro.

–No has estado nada mal.

Kane lanzó una carcajada.

–Gracias.

–Sabes lo que haces. Podrías curar unas cuantas enfermedades con tu técnica –dijo ella sonriendo.

–Como he dicho antes, contigo es fácil.

Willow no iba a poner objeciones. Hasta aquella noche, su experiencia sexual podía contarse con dos dedos de una mano. Ninguno de los dos encuentros la había preparado para la maestría de Kane.

Kane se despertó poco antes del amanecer y notó dos cosas extrañas: por una parte, la mujer que estaba en su cama; por otra, el intruso que se movía por el cuarto.

Sabía que la mujer era Willow, pero… ¿quién era el intruso? Sin embargo, antes de que le diera tiempo a saltar de la cama y a atacar, una esquelética gata saltó a su pecho y maulló junto a su rostro.

–Buenos días –murmuró Kane alzando una mano. La gata se frotó contra sus dedos antes de acomodarse encima de su pecho y ronronear.

Kane dejó a la gata encima de la cama y se levantó. Después de ponerse una bata, fue a la cocina y puso la cafetera. La gata lo siguió. Al ver que el cuenco de comida de la gata estaba vacío, se lo volvió a llenar y se marchó al cuarto de estar.

Los gatitos estaban aún en la caja. Uno de ellos

estaba despierto y maullaba. Kane se agachó y acarició al diminuto animal. Los recién nacidos no veían y eran completamente indefensos. Si los dejara en el campo, apenas durarían unas horas. Así era la vida.

Él lo aceptaba, pero Willow no. Willow quería salvar el mundo. Todavía no se había enterado de que gran parte del mundo no merecía ser salvado.

Cuando Willow se despertó, el sol inundaba la habitación y olía a café. Miró el reloj de la mesilla de noche; eran las ocho y aún seguía en la cama de Kane. Y desnuda.

Sonrió y se estiró, tenía agujetas. Había hecho mucho ejercicio porque, pasadas las tres de la mañana, Kane había vuelto a ocuparse de ella.

Se levantó, fue al cuarto de baño y allí encontró su ropa doblada. Después de darse una ducha, se vistió y se calzó sin problemas. La hinchazón del tobillo casi había desaparecido y apenas le dolía. Fue a la cocina, se sirvió un café y se dirigió al cuarto de estar.

Kane estaba sentado detrás de su escritorio en un rincón de la estancia y miraba algo en el ordenador portátil. Él también se había duchado y se había vestido, y debía de haberlo hecho en el cuarto de invitados porque ella no había oído ningún ruido.

Kane la miró, pero no dijo nada. Sus ojos se veían oscuros y peligrosos, pero no había deseo en ellos.

—No te asustes —dijo Willow con una sonrisa—, voy

a marcharme tan pronto como me tome el café, así que puedes mostrar algo de amabilidad. Te prometo que no vas a verte obligado a echarme.

—¿Por qué iba a creerte? No te ha costado nada acomodarte en mi casa —comentó él con ironía.

—Tengo cosas que hacer —contestó Willow—. Cosas importantes.

—No quiero ni pensar en qué puede ser.

Willow se acercó al escritorio.

—¿Qué estás haciendo? ¿Estás trabajando?

—El trabajo ya lo he terminado. No, esto es personal.

—Ah, ya, una novia por Internet.

Kane sacudió la cabeza y giró el ordenador para que ella pudiera ver la pantalla. Vio una foto de una hermosa isla de cielo imposiblemente azul y arena casi blanca.

—¿Vacaciones?

—Jubilación. Voy a jubilarme dentro de ocho años; cinco, si mis inversiones siguen dándome más beneficios de los que esperaba.

¿Jubilación? Willow frunció el ceño.

—Pero si apenas tienes treinta años, ¿no?

—Treinta y tres.

Willow se sentó en la otra silla al lado del escritorio.

—¿Por qué quieres jubilarte?

—Porque puedo. Ya he trabajado lo suficiente.

Y ella apenas había empezado a vivir.

—¿Como qué?

—Mentí respecto a mi edad, falsifiqué el certificado de nacimiento y entré en el ejército a los dieciséis años. Pasé allí diez años, ocho de ellos en las Fuerzas Especiales.

Lo que explicaba las cicatrices, pensó Willow. Un guerrero.

—Cuando dejé el ejército, pasé cuatro años protegiendo a gente rica en lugares peligrosos. Ganaba bastante dinero, pero me aburrí de que me disparasen. Acepté trabajar para Todd y Ryan porque la empresa estaba empezando y se me presentaba la posibilidad de ganar una fortuna.

—¿Es eso lo que quieres, hacerte con una fortuna? —si tenía pensado jubilarse dentro de cinco u ocho años, probablemente ya la tenía.

—Sí.

—¿Por qué?

Kane señaló la foto que se veía en la pantalla del ordenador.

—La intimidad y la soledad no son baratas. Quiero vivir en un lugar aislado y fácil de defender, un lugar en el que haya poca gente y posibilidades para hacer lo que me gusta.

Willow no entendía la necesidad de soledad de Kane.

—¿No quieres tener una familia? ¿No quieres casarte y tener hijos?

—No, eso no me interesa.

Willow agarró con fuerza la taza de café.

—Estarás solo —dijo ella.

—Exacto.

—Eso no es bueno.

Kane la miró fijamente.

—Willow, ya te lo he dicho, no quiero ataduras emocionales. Nunca.

—No lo comprendo. Para mí, la familia lo es todo —le dijo ella, como si Kane le estuviera hablando en chino—. Yo me sentiría perdida sin mi familia. Todo el mundo necesita a alguien, incluso tú.

—Te equivocas.

Willow no lograba entender que Kane estuviera dispuesto a pasarse el resto de la vida solo.

—Anoche… fue tan íntimo —murmuró ella.

—Fue sexo.

—¿Es ésa la única forma que tienes de conectar con otra persona, a través del sexo?

—No intentes analizarme, Willow —dijo Kane sin enfadarse—. No soy un hombre destrozado, no necesito ayuda.

—Pero necesitas a alguien además de a ti mismo, Kane —no obstante, Willow sabía que él no iba a creerla. Entonces, miró en dirección a los gatos—. ¿Quieres que les busque algún sitio?

—Pueden quedarse durante un par de semanas. Luego, yo mismo los llevaré a algún refugio para animales.

—¿Necesitas que… que venga a ayudarte con los gatos? —le preguntó ella.

—No, sé valérmelas yo solo.

Por el tono de voz de Kane, Willow se dio cuenta de que se estaba alejando de ella. Era como si la unión que había existido entre ambos el día anterior se estuviera desvaneciendo.

–¿Te molestaría que viniera a hacerles alguna visita antes de que los dejes en algún sitio?

–No, puedes hacerlo.

–Gracias. En fin, será mejor que me vaya ya.

–He traído tu coche hasta aquí –dijo Kane volviendo su atención al ordenador–. Está delante de la puerta.

–Gracias.

Willow llevó la taza de café a la cocina y la enjuagó. Después de agarrar su bolso, se dirigió a la puerta de la casa.

–Bueno, supongo que nos veremos.

–Adiós, Willow.

–Adiós –después de abrir la puerta, Willow lo miró–. ¿Quieres mi número de teléfono?

Kane también la miró. Ella buscó en los ojos de Kane un rastro de la pasión que viera en ellos el día anterior, pero no vio nada, absolutamente nada.

–No, ya veo que no –susurró Willow, y se marchó.

Capítulo Cuatro

Kane terminó la presentación respecto a la seguridad de la última adquisición de la empresa. Todd y Ryan se miraron.

—Recuérdanos no volvernos a meter en un asunto como éste —dijo Ryan—. Es un auténtico dolor de cabeza.

Kane pensó en un trabajo parecido que realizó en Afganistán. Comparado con ese trabajo, éste podía hacerlo con los ojos cerrados.

—No es tan difícil, yo me encargaré de ello. Siempre y cuando todo el mundo siga las directrices marcadas, estaremos protegidos.

—¿Y si no lo hacen? —preguntó Todd con una sonrisa traviesa.

—En ese caso, se las tendrán que ver conmigo —contestó Kane.

Todd miró a Ryan.

—Eso es lo que me gusta de él —luego, se volvió de nuevo hacia Kane—. Me he enterado de que ayer hubo un problema en casa. ¿Cómo es posible que, para un día que me voy, se arme un alboroto?

—Fue Willow —dijo Ryan antes de que Kane pudiera contestar—. Me lo contó Julie ayer por la tarde.

Al parecer, Willow sigue enfadada contigo por interponerte entre Julie y yo.

Todd hizo una mueca.

—Yo no me interpuse entre vosotros, sólo intenté velar por lo intereses de un amigo. Eres feliz, ¿no? Bueno, pues no se hable más —de nuevo, volvió su atención a Kane.

—¿Es peligrosa?

Kane sonrió.

—No tienes por qué preocuparte.

—¿Está loca?

—No. Sólo quería insultarte por haberte metido en la vida de su hermana.

—Se trata del dinero —farfulló Todd—. Si la tía Ruth no hubiera ofrecido a sus nietas un millón de dólares si alguna se casaba conmigo, nada de esto habría ocurrido.

Kane arqueó las cejas.

—No sabía que estuvieras buscando esposa.

—No estoy buscando esposa —Todd suspiró—. La tía Ruth es la segunda esposa de nuestro difunto tío, es sólo tía política. Ruth tenía una hija que se escapó de casa a los diecisiete años y se casó. Ruth y nuestro tío rompieron relaciones con ella y no volvieron a saber de ella hasta hace unos meses. Nuestro tío murió. Ruth echaba de menos a su hija, se puso en contacto con ella y descubrió que tenía tres nietas a las que no conocía. No sé por qué, a Ruth se le metió en la cabeza que la vida sería perfecta si una de sus nietas se casara conmigo. Les ha ofrecido un millón a cada una si alguna logra llevarme al altar.

Todd miró a Ryan.

–¿Os dais cuenta de lo ofensivo que es que Ruth piense que, para lograr que me case, tiene que pagar a alguien?

Ryan sonrió maliciosamente.

–La verdad es que a mí me parece gracioso –Ryan se volvió hacia Kane–. Fui a verlas con la intención de aclarar las cosas para que no intentaran nada respecto a Todd. Conocí a Julie y, después de algunas complicaciones, nos hicimos novios.

Kane también sabía que Julie estaba embarazada, pero no hizo comentario alguno. Ser el encargado de seguridad significaba guardar secretos, y eso se le daba bien.

–Por lo que el asunto está zanjado –dijo Todd–. Willow debería olvidarse de ello.

–No creo que vuelva –le dijo Kane–. Aunque admito que ocurrieron cosas interesantes.

Kane les contó que Willow salió corriendo y se hizo un esguince en el tobillo, pero no les comentó nada sobre los gatos ni sobre el sexo.

Sus dos jefes se quedaron mirándolo.

–No la dejaste ahí tirada, ¿verdad? –preguntó Todd.

–No. La llevé a mi casa y le puse hielo en el tobillo.

–¿A tu casa? –Ryan quería confirmación del hecho.

–Sí.

–No sueles invitar a gente a tu casa –dijo Todd.

–Yo no invité a Willow. Ocurrió, simplemente –lo que era verdad. Aunque no tenía excusa para lo que ocurrió después.

–Ten cuidado –le advirtió Ryan con una sonrisa traviesa–. Las mujeres de esa familia son complicadas. Justo cuando menos lo esperas, se apoderan de tu mundo y lo cambian todo.

–A mí eso no me preocupa –declaró Todd con absoluta confianza en sí mismo–, yo no me voy a casar con ninguna de ellas. Tendrán que buscarse el millón de dólares en otra parte.

–Estaba pensando más en Kane –dijo Ryan–. Willow es muy bonita.

Todd miró a Kane.

–¿Es verdad eso?

–No te preocupes por mí, no estoy interesado en las relaciones.

Willow se había ido y no volvería a verla, justo lo que quería. Pero en el transcurso del día fue recordando su sonrisa, su risa y sus caricias. Era como cuando se le metía en la cabeza una canción y no podía dejar de tararearla.

Willow apareció el sábado por la mañana sin previo aviso ya que no tenía el número de teléfono de Kane. Lo había buscado en la guía, pero Kane no aparecía. Incluso había mirado en Internet, pero nada. Era como si Kane no existiese.

Pero sí existía, ella lo sabía muy bien. Kane era un hombre que poseía una interesante mezcla de contrastes: era un hombre duro que sabía ser tierno, era un hombre rico que vivía con sencillez.

Se había dicho a sí misma que debía olvidarlo,

pero no lo conseguía. Cada vez que cerraba los ojos casi podía sentirlo tocándola otra vez. La noche anterior había soñado con él.

Por lo tanto, preparada para la posibilidad de que Kane le pidiera que se diera media vuelta y volviera a su casa, agarró una bolsa que había dejado en el asiento posterior del coche y salió del vehículo. Le faltaban unos metros para llegar a la puerta cuando ésta se abrió.

Kane llevaba vaqueros y una camisa de manga larga; estaba para comérselo.

–Has vuelto –dijo Kane. Ni su voz ni su expresión mostraban emoción.

–He venido a ver a los gatos, no a ti –dijo ella con una sonrisa, esperando que Kane no se diera cuenta de que era una mentira–. Así que no te asustes.

–No estoy asustado.

La sonrisa de Willow se agrandó.

–Te habría llamado de haber tenido tu número de teléfono, pero no me lo diste. Y no te molestes en decirme que no me lo diste porque no querías, eso ya lo sé. Tenías miedo de que me convirtiera en una peste.

–No me das miedo, te lo aseguro.

Willow avanzó hacia él, preparándose para recibir el impacto de esa oscura mirada y esa boca.

–Podrías tenerme miedo y lo sabes –dijo ella en tono animado–. Y ahora, déjame entrar.

Kane se echó a un lado y la dejó entrar.

En el cuarto de estar, Willow se vio asaltada por los recuerdos. Ahí estaba el sillón al que él la había llevado en brazos cuando se hizo daño en el tobillo y ahí estaba la puerta que daba al pasillo que conducía a su habitación.

La piel se le calentó al recordar sus caricias. Se dio media vuelta, de cara a Kane, para preguntarle cómo estaba, pero las palabras murieron sin ser pronunciadas.

La expresión de Kane mostraba sólo un cortés interés, nada más. No había humor en su rostro, ni deseo. Era como si no hubiera ocurrido nada entre los dos.

Desde luego, Kane no había dicho en broma lo de que sólo se acostaba con la misma mujer una noche, pensó Willow con tristeza. Si hubiera sido otra persona quizá se le insinuara, pero era ella. ¿Qué sentido tenía hacerlo? Debería alegrarse de lo que había tenido por una noche y contentarse con que, al menos, Kane la hubiera deseado una vez en su vida.

Willow dejó la bolsa en el reposapiés y se acercó a la caja que estaba junto a la chimenea. La gata estaba tumbada al lado de sus tres crías. Ronroneó cuando ella se acercó.

–Hola, cariño –murmuró Willow–. ¿Qué tal estás? Tus gatitos han crecido. ¿Te va bien?

La gata frotó la cabeza contra la mano de ella.

–¿Come bien? –le preguntó Willow a Kane.

–Creo que come el doble de lo que debería –la informó él.

–Bueno, eso es porque está sana. ¿Has pensado en un nombre para ella?

–No voy a ponerle ningún nombre.

—Tienes que hacerlo, necesita una identidad.

—Es una gata vagabunda.

Willow se sentó en la alfombra y lo miró.

—Todo el mundo se merece un nombre.

—En ese caso, pónselo tú.

—Está bien –Willow miró de nuevo a la gata–. ¿Qué tal Ensaimada?

—No, Ensaimada no.

—¿Por qué no?

—Porque no es comida. A una gata no se le pone el nombre de algo de comer.

—¿Pookey?

—No –gruñó Kane.

—Has dejado muy claro que no es tu gata. ¿Por qué te crees con derecho a veto?

—Porque está viviendo en mi casa. Tendré que llamarla por su nombre. Pookey no.

—¿Jazmín? ¿Copito de nieve? ¿Princesa Leia?

—¿Princesa Leia?

—Como en *La Guerra de las Galaxias*.

—No, mejor Jazmín.

—¿No Copito de Nieve?

—No es blanca.

—La nieve puede ser gris.

Kane emitió un sonido gutural que podía ser otro gruñido, pero Willow no estaba segura.

—En ese caso, Jazmín –Willow se puso en pie–. Hola, Jazmín. Bienvenida a la familia.

Pero antes de que Kane pudiera decir que no eran una familia, Willow agarró la bolsa y se dirigió a la cocina.

–Voy a hacer unas pastas.

Kane la siguió.

–¿Aquí? ¿En mi cocina?

–En tu horno –dijo ella mientras regulaba la temperatura.

–¿Y si no quiero pastas?

–Todo el mundo quiere pastas –Willow lo miró–. De chocolate, para ser exactos. ¿Cómo no te van a gustar?

Willow sacó de su bolsa una bandeja para el horno y un paquete de masa para pastas precocinada. Lo único que tenía que hacer era separarla en unidades, ponerlas en la bandeja y meterlas en el horno. Pastas casi instantáneas.

Cuando la bandeja estuvo lista, Willow se apoyó en el mostrador de la cocina y miró a Kane. Estaba guapo, muy guapo. Le hacía desear que las cosas fueran diferentes, que él quisiera poseerla otra vez. De tener el menor indicio de que así era, se aferraría a la idea; pero, por el momento, nada.

También sabía que, si no quisiera que estuviera allí, la echaría sin contemplaciones.

–Bueno, ¿qué tal te va? –preguntó Willow.

–Déjalo, no te va a servir de nada –la informó él.

–¿El qué?

–No me vas a convencer de tener relaciones contigo.

–Eso lo sé. Lo de las pastas es sólo un gesto amable –y también una excusa para quedarse ahí un rato.

Kane la miró fijamente, haciéndola estremecer.

—¿Por qué te acostaste conmigo? —preguntó él—. Te dejé las cosas muy claras y sé que no eres una mujer que se acueste con un hombre una noche y se dé por satisfecha.

—Sí, es verdad, no lo había hecho nunca —dijo Willow suspirando—. Creo que se debió a la pérdida de sangre, el cerebro no me funcionaba bien.

Kane sonrió; pero, desgraciadamente, su sonrisa se desvaneció rápidamente.

—Vamos, sigo esperando una respuesta seria. ¿Por qué lo hiciste?

—Es un poco… no sé, me da vergüenza decirlo.

—Te prometo que no me reiré —dijo Kane.

Willow respiró profundamente. Kane había sido honesto respecto a lo que quería y no quería, quizá ella también debería serlo, decirle por qué lo había hecho.

—Tú me deseabas —contestó ella simplemente—. A mí me gustaste y me fiaba de ti. Contigo me sentía a salvo, segura; pero lo que realmente hizo que me acostara contigo fue darme cuenta de lo mucho que me deseabas.

Kane frunció el ceño.

—¿Te acostarías con cualquier tipo que mostrara interés por ti? —preguntó Kane frunciendo el ceño.

Willow se echó a reír.

—No, no lo creo. No lo sé. En general, no despierto deseo en los hombres.

—Eso ya me lo dijiste y es una tontería. Claro que sí. Mírate en el espejo. Eres guapa y divertida. Algo rara, pero no estás loca.

—Para los hombres sólo soy una buena amiga, alguien en quien confiar, alguien a quien contarle los problemas —dijo Willow—. Hace un par de años fui a una fiesta y oí a un grupo de hombres hablando. Habían bebido bastante y estaban preguntándose entre ellos con quién les gustaría acostarse. Cuando hablaron de mí, todos dijeron que les caía bien, que era muy simpática, pero que no era la clase de chica con la que les gustaría… en fin, ya sabes.

Ésa había sido la parte fácil de la historia. Willow clavó los ojos en la ventana e hizo acopio de valor para contar el resto:

—Yo había salido con uno de ellos y habíamos… estado juntos. Más o menos había sido el primero con el que lo había hecho. Yo creía que estábamos enamorados, pero él ya había roto la relación sin decirme por qué. Aquella noche, dijo a sus amigos que se había acostado conmigo porque me debía un favor. Es decir, me había hecho un favor al acostarse conmigo.

Aún le dolía.

—El segundo con el que me acosté, después de la primera noche no volvió a mostrar interés en el sexo. Decía que era culpa mía, que nunca antes había tenido problemas con una mujer.

—No era culpa tuya —declaró Kane.

—Eso no lo sabes.

—Willow, te he visto desnuda. Te he acariciado todo el cuerpo. Te he besado, te he saboreado y te he visto estallar en mis brazos. No era culpa tuya, te lo aseguro.

Los ojos de Willow se agrandaron.

—Pero esos hombres, lo que dijeron…

Kane sacudió la cabeza.

—Eres una mujer complicada. Los hombres, especialmente cuando son jóvenes, prefieren las cosas simples. Los asustabas. O te tomaban por su madre porque te preocupabas por ellos y los cuidabas. Te aseguro que no es cosa tuya.

—Pero…

Kane la hizo callar con una mirada.

—¿Te parece que yo fingí? —preguntó Kane.

Ella sonrió.

—No. Dejaste muy claro lo que querías.

—¿Qué era lo que quería?

—¿A mí?

—Exacto. Y ahora olvídate del asunto. A ti no te pasa nada.

Ojalá la deseara otra vez, pensó Willow. Pero eso también lo había dejado muy claro: una noche sólo. Decidió no tentar a la suerte y cambió de conversación.

—¿Qué tal está Todd? —preguntó Willow.

—¿Por qué quieres saberlo?

—Sólo preguntaba por preguntar. ¿Se ha enterado de que estuve aquí?

—Sí, se lo he dicho.

Willow se echó a reír.

—¿Se asustó?

—No.

—¿No podías haberle dicho que yo daba miedo?

—No.

–Típico. Que no se preocupe, creo que está a salvo. Julie y Ryan son felices, Todd no consiguió que rompieran, así que no voy a malgastar energía en insultarlo.

–¿Piensas salir con él? –preguntó Kane.

–¿Qué?

–Me he enterado de lo del millón de dólares.

–Mi abuela es una mujer muy especial. No sé por qué se le ocurrió esa ridícula idea, pero ahora somos nosotras quienes estamos pagando por ello. No, no me interesa casarme por dinero.

–Es mucho dinero.

–Yo creo en el amor. El dinero no me importa.

Kane sacudió la cabeza.

–El dinero siempre importa.

–Eso que has dicho es cínico y triste.

–Soy realista.

–Nunca has estado casado, ¿verdad?

–Ya te he dicho que no me interesan las relaciones.

Lo que era más que triste, pensó Willow. Era trágico.

–Tienes que conectar con alguien.

–¿Por qué?

–Porque todo el mundo lo hace. Somos la suma de nuestras experiencias, de nuestras relaciones. No me creo que seas totalmente feliz viviendo siempre solo.

–Lo soy, aunque tú no me creas.

–Kane, por favor. ¿Es que no quieres algo más?

Kane la sorprendió al acercarse a ella. Se acercó

tanto que pudo sentir el calor de su cuerpo. Se acercó tanto que pudo ver el marrón y dorado de sus ojos. Se acercó tanto que empezó a derretirse.

—No lo vas a conseguir —dijo Kane en voz baja—. Puedes merodear por aquí tanto como quieras, pero no vas a cambiar nada.

—¿Merodear? Yo no merodeo por ninguna parte.

—Llámalo como quieras, pero no vas a lograr tentarme. Esto se ha acabado. Nunca vamos a tener una relación. Pasamos una gran noche, quizá la mejor noche. Si tuviera que cambiar, lo haría por ti. Pero no va a ocurrir. No voy a permitirte la entrada en mi vida.

Willow abrió la boca; luego, la cerró. Kane seguía deseándola. Lo veía en sus ojos. El deseo seguía ahí, pero también su negativa a dejarla acercarse a él. Ella se sentía encantada y confusa.

—¿Por qué no? —preguntó Willow—. ¿Por qué te dan tanto miedo las relaciones?

—Porque no me fío de nadie —contestó Kane—. Desde muy joven me di cuenta de que todos estamos solos. La única persona en quien confío es en mí mismo.

Kane estaba equivocado, muy equivocado. Pero Willow no sabía cómo convencerlo de lo contrario.

—¿Qué te ha pasado? ¿Abusaron tus padres de ti? ¿Se te murió algún amigo?

La oscura mirada de Kane se clavó en la suya, y Willow tuvo la sensación de que lo que iba a oír no le iba a gustar.

—Cuando era pequeño vivía en la calle. Solo. Me

uní a una banda para sobrevivir y la banda se convirtió en mi familia. A los dieciséis años, mi novia se enamoró de un chico de una banda rival. Mantuvo la relación en secreto. Para demostrar su lealtad a esa banda, me traicionó. Me metieron tres tiros y me dieron por muerto, y la causante fue la única persona a la que había amado.

—¿Qué quieres decir con eso de que le dieron por muerto? —preguntó Marina mientras pasaba la cesta con los panecillos.

Willow agarró uno y ofreció otro a Julie, que lo rechazó.

—El novio de su novia disparó a Kane y se marchó, dejándolo ahí tirado. Alguien llamó a una ambulancia y logró sobrevivir —Willow aún no podía creer lo ocurrido, pero había visto las cicatrices en el cuerpo de Kane.

Las hermanas se habían reunido para almorzar cerca de la oficina de Julie. Era uno de esos días cálidos otoñales que a la gente que vivía en zonas donde nevaba le hacía pensar en trasladarse a Los Ángeles.

—Sé lo que estás pensando —le dijo Marina—. Estás pensando que puedes salvarlo.

—Ni se te ocurra —añadió Julie—. No se parece en nada a los otros que has salvado. Es un hombre peligroso.

Lo que lo hacía aún más atractivo, pensó Willow.

—Está solo. Creo que necesita a una mujer en su vida.

Marina miró a Julie y después sacudió la cabeza.

—Willow, a veces, los hombres dicen lo que realmente piensan. No quiere tener relaciones. No puedes cambiarlo.

—Pero si me dejara intentarlo estaría mucho mejor —contestó Willow.

Julie le tocó el brazo cariñosamente.

—Sabes que te quiero y que siempre te apoyaré, pero… ¿por qué te empeñas en hacerte daño a ti misma? Lo haces siempre.

—Soy así, no puedo remediarlo —declaró Willow—. Quiero cambiar las cosas. Quiero que un hombre me quiera y que desee pasar conmigo el resto de la vida. Kane puede ser ese hombre.

—Y también puede que te destroce el corazón —dijo Julie con ternura—. No me gustaría verte sufrir otra vez.

—Lo sé. Pero esta vez es diferente.

—¿Lo es? —preguntó Julie—. ¿En qué es diferente? No, espera, no contestes. ¿Se te ha ocurrido cuestionarte por qué te enamoras de hombres que no te corresponden? ¿No será porque tienes miedo de enamorarte? Dices que quieres un amor eterno, pero tienes la tendencia a asegurarte de que eso no ocurra.

Willow miró a Julie y luego a Marina.

—Yo no hago eso.

Marina suspiró.

—Lo siento, pero estoy de acuerdo con Julie. Evitas a los hombres normales, a los hombres que quieren casarse y tener hijos.

Willow abrió la boca para luego cerrarla. Quería decir a sus hermanas que estaban equivocadas. Ella no hacía eso... aunque quizá sí.

De repente, recordó un incidente en su adolescencia. Estaba en su cuarto arreglándose para salir con un chico cuando entró su padre. Él no pasaba mucho en casa; por lo tanto, cuando estaba allí, tanto ella como sus hermanas estaban encantadas. Willow había dado media vuelta y había dejado el cepillo del pelo en la cómoda.

—¿Qué te parece, papá? ¿Estoy guapa?

Su padre se la había quedado mirando durante un tiempo y luego contestó:

—Nunca serás tan lista ni tan guapa como tus hermanas, pero estoy seguro de que acabarás encontrando a alguien que se haga cargo de ti. Pero no sueñes con un príncipe azul, eso es todo.

Las palabras de su padre se le habían clavado en el alma. Había salido con su amigo, pero no recordaba nada de aquella noche, las palabras de su padre no dejaron de rondarle en la cabeza.

Siempre había sabido que Marina y Julie eran más guapas que ella y que tenía que estudiar más que sus hermanas para conseguir peores notas que ellas, pero nunca le había dado importancia. Hasta ese momento, se había considerado especial.

Pero si su propio padre no lo creía, quizá no lo fuera. Desde entonces, jamás se volvió a sentir especial... hasta la noche que pasó con Kane.

—Willow, ¿te pasa algo? —preguntó Marina inclinándose hacia ella.

—No, estoy bien —Willow respiró profundamente—. Tenéis razón. Creo que evito a los hombres normales porque me da miedo enamorarme y ser rechazada. ¿En qué estaba pensando? No voy a cambiar a Kane. Él no quiere tener nada que ver conmigo y voy a dejarlo en paz. Es lo mejor.

Julie se mordió el labio inferior.

—¿Te encuentras bien? No era mi intención herir tus sentimientos.

—No lo has hecho. Estás preocupada por mí y te lo agradezco.

—Te quiero —dijo Julie con sinceridad.

—Y yo también te quiero —añadió Marina.

Willow reconoció el afecto de sus hermanas y se sintió algo mejor. Siempre podía contar con ellas. En cuanto a Kane, iba a olvidarlo. Él no la quería en su vida, se lo había dejado muy claro.

Quizá hubiera llegado el momento de dejar de querer imposibles y plantar los pies firmemente en la tierra. Quizá debiera buscarse un hombre normal. Pero… ¿cómo era un hombre normal exactamente?

Capítulo Cinco

Kane entró en la casa y oyó el maullido de las crías, lo que le pareció extraño ya que, normalmente, no hacían ningún ruido. Dejó el portafolios en una silla de la cocina, salió al cuarto de estar y vio a las crías en la caja, pero no a la madre.

Buscó por toda la casa, pero no había rastro de la gata. Pero la ventana que había dejado entreabierta para que se ventilara la casa estaba más abierta y la rejilla estaba fuera, en el suelo. La gata se había marchado.

Lanzó una maldición y miró la caja con las crías. ¿Habría abandonado a su familia? No necesitaba más problemas, pensó mientras agarraba el teléfono, y fue cuando se dio cuenta de que no tenía su número de teléfono.

Tres minutos más tarde estaba marcando. Sus programas de seguridad, junto con un buen ordenador y conexión de Internet, le permitían encontrar a cualquier persona en cualquier parte del mundo.

−¿Sí?

Kane frunció el ceño. La voz no le resultaba familiar.

−¿Willow?

Oyó un sonido nasal seguido de un tembloroso:

–Sí.

Algo le pasaba. No quería saberlo, pero sabía que debía preguntar, era lo correcto. Al demonio, pensó unos segundos más tarde.

–Soy Kane.

Willow emitió un sonido semejante a un sollozo.

–¿Qué pasa? –preguntó ella con voz espesa, una voz que a él le pareció de llanto–. No me llamarías si no te pasara algo.

Willow había dicho la verdad y eso le gustaba.

–La gata se ha marchado.

–¿Jazmín?

–Sí, Jazmín. He dejado la ventana abierta para que entrara aire y la gata ha conseguido tirar la rejilla y se ha escapado. Las crías no hacen más que maullar y yo no sé qué hacer.

–No dejar la ventana abierta es lo mejor que podías haber hecho –dijo ella con voz queda–. Ahora mismo voy.

Willow hizo lo que pudo por recuperar la compostura, no quería que Kane pensase que había llorado por él. No lo había hecho. Sus problemas no tenían nada que ver con Kane. Pero los hombres eran tan arrogantes que seguro que era lo primero que él pensaría.

Aparcó el coche y, con el último pañuelo de papel que le quedaba, se secó las lágrimas. Luego, se sonó la nariz y tomó aire. Prefirió no pensar en su aspecto. Lo importante era encontrar a Jazmín.

Salió del coche, lista para llamar a la gata; pero antes de poder pronunciar una palabra, Jazmín salió de entre unos arbustos y maulló.

Willow se agachó y le acarició el lomo.

—¿Necesitabas pasar un rato a solas? —le preguntó Willow—. ¿Te estaban cansando tus hijos?

Jazmín volvió a maullar y se frotó contra ella. La puerta de la casa se abrió.

Willow se enderezó y se preparó para recibir el impacto de la presencia de Kane. Ese hombre era muy guapo. Era un hombre alto, fuerte y parecía dispuesto a enfrentarse al mundo.

—Ha vuelto —dijo Willow señalando a Jazmín—. Creo que sólo quería estar sola un rato. ¿Has intentado abrir la puerta y llamarla?

—Ah, no. No se me había ocurrido. No tengo práctica con los animales domésticos.

—Eso es evidente.

Kane la miró, luego a la gata y, una vez más, a ella. A Willow se le ocurrió pensar que se sentía algo estúpido. Quizá no estuviera bien, pero eso la hacía sentirse mejor.

—Te sugeriría que sujetaras bien las rejillas. Además, no estaría mal que dejaras salir a la gata todas las mañanas un rato. Debe de ser agotador cuidar de tres gatitos.

—Está bien, lo haré. Gracias.

Kane se la quedó mirando. Willow no sabía qué era lo que él estaba pensando y tampoco le importaba mucho en ese momento. Estaba sumamente triste, le habían dado la noticia sin previo aviso.

—¿Quieres entrar?

—¿Queda alguna pasta?

Kane asintió.

—Está bien —quizá lo ayudara tomar un poco de chocolate.

Willow entró en la casa. Jazmín también entró y se fue a la caja, con sus crías.

—Siéntate —dijo Kane indicando el sofá.

Willow se sentó. Le resultaba extraño estar allí otra vez, se había jurado a sí misma no volver a verlo. Aunque le gustaba ver el cuerpo de ese hombre, no pudo evitar pensar que aquél era otro lugar en el que la habían rechazado.

Kane le llevó una bandeja con pastas y una botella de agua.

A pesar de la presión que sentía en el pecho, Willow lo miró y sonrió.

—¿Pastas y agua?

—Lo siento, no tengo nada de bebida.

—No te preocupes.

Mientras hablaba, una lágrima le resbaló por la mejilla. Willow tuvo miedo de echarse a llorar y tragó saliva.

—¿Tienes pañuelos de papel? —preguntó ella.

—Sí, ahora te los traigo.

Kane se marchó y volvió inmediatamente con una caja de pañuelos de papel. Willow agarró un par de ellos y se secó las lágrimas.

—No te asustes, no lloro por ti —explicó Willow—.

73

He perdido mi trabajo. No sabía nada, no me habían avisado. Yo creía que todo iba bien. De repente, me han llamado para decirme que ya no requieren mis servicios. Mucha gente les escribió diciéndoles que mi cómic no tenía gracia o que no lo entendían.

Willow respiró profundamente y lo miró. Kane seguía de pie junto al sofá, como si no supiera qué hacer.

—Las protagonistas eran tres chicas calabazas. Eran amigas, salían juntas e iban de compras. Vivían en una granja, aunque no era una auténtica granja. Había un centro comercial y un restaurante. Salían con otras verduras. Era muy gracioso.

Willow bajó la cabeza y continuó llorando.

—¿Cómo es posible que la gente no le viera la gracia? Además, trabajaba mucho —eso era lo que más le molestaba, lo mucho que había dado de sí misma en el trabajo.

—¿No puedes vender tu viñeta en algún otro sitio? —le preguntó Kane.

—Creo que no. Se trataba de una revista de horticultura semanal. Las chicas-calabaza eran de cultivo biológico, llevaban un estilo de vida holístico. Eran muy espirituales.

—¿Las calabazas?

Willow asintió.

—No ganaba mucho dinero, no era una revista de gran tirada. Pero era un trabajo. Con el dinero que me daba la viñeta y con la venta de velas conseguía vivir.

—¿Vendes velas?

—Sí —Willow contuvo un sollozo—. Ya sé que no soy como mis hermanas, pero me gustaba mi vida. Era una vida de poca cosa, pero me gustaba. Tenía mis velas y a mis chicas. Pero ahora ya no tengo a las chicas y no sé qué voy a hacer. Además, me dijeron que no tenía gracia. Adiós. Sin más. Aunque no les ha importado todo lo que he trabajado. ¿Tienes idea de las horas que me llevaba hacer la viñeta a la semana? Muchas.

Kane se sentó en el sofá y la miró.

—Lo siento.

—Gracias. Y no se trata de ti, está todo lo demás. Hace un par de días fui a comer con mis hermanas. Me dijeron que evitaba a los hombres normales porque tenía miedo de enamorarme, y creo que tenían razón. Soy una fracasada.

—No eres una fracasada, estás pasando por un mal momento.

Eso casi la hizo reír.

—¿Un mal momento? Mi vida profesional está acabada. ¿Sabías que mi hermana Julie ha sacado su licenciatura en derecho a la primera? Ahora trabaja para una empresa jurídica internacional y pronto la harán socia de la empresa. Marina, mi hermana pequeña, también es muy lista; terminó el bachillerato a los quince años y le dieron una beca para estudiar en la universidad. Está licenciada en química y en física. ¿Qué te parece? ¿Y sabes qué está haciendo ahora?

Willow lo miró. Lo veía algo borroso por las lágrimas.

—¿Lo sabes? —insistió.

Kane negó con la cabeza.

–Ahora está aprendiendo lenguaje por señas, para sordos. Quiere compensar y dar algo a la comunidad por haber hecho los estudios gratis. Es una buena persona. Y yo ni siquiera puedo vender una viñeta sobre calabazas. Mis dos hermanas son listas y guapas, yo no soy nada.

Kane se sintió como si hubiera descendido a los infiernos. El sufrimiento de Willow lo hacía sentirse incómodo y no tenía idea de qué decirle. Lo único que se le ocurrió fue:

–Eres guapa.

–Vamos, por favor.

–Lo digo en serio. Eres muy atractiva. Te deseaba, ¿o ya no te acuerdas?

Willow volvió su hinchado rostro a él, los ojos rojos.

–Me deseabas, en pasado. Una noche. Dijiste que eso era todo lo que habría entre los dos y tenías razón. Sólo valgo para una noche, pero no para volver a hacer que me desees.

¿No habría sido mejor que Willow le hubiera pegado un tiro? Le habría dolido menos, pensó Kane.

–No te preocupes, yo ya no quiero nada de ti –declaró Willow–. No me interesa el sexo por compasión.

–Yo… tú…

Más lágrimas resbalaron por las mejillas de Willow.

–Maldita sea, Kane. Podrías haberte insinuado para que yo hubiera podido rechazarte. Es una cuestión de educación.

Entonces, Willow empezó a llorar realmente, con profundos sollozos. Él se sintió como si estuviera en un país extraño, en otra galaxia. No sabía qué hacer. Quizá hubiera palabras de consuelo, pero él no las conocía.

Las mujeres pasaban por su vida sin dejar huella. Conocía sus cuerpos, pero no sus almas ni sus corazones. Willow estaba dolida, realmente dolida. Aunque lo comprendía, no sabía cómo arreglarlo.

Despacio, sintiéndose estúpido, la rodeó con un brazo. Willow se volvió hacia él y apoyó la cabeza en su hombro. Él la estrechó contra sí, sintiendo los pequeños huesos de su espalda. Eran muy frágil, pensó. Sin embargo, en otros aspectos, era una mujer fuerte y con poder.

Las lágrimas de Willow le empañaron la camisa. Le acarició la espalda. Quizá debiera decirle algo, pero como no sabía qué, se quedó callado. Por fin, las lágrimas cesaron y la oyó respirar profundamente.

—Voy a tener una discusión con mi hermana —dijo Willow con voz queda.

—¿Porque lo tienes apuntado en el calendario?

—No, porque mi padre vuelve a casa. Mi madre me llamó anoche para decírmelo. Julie siempre se enfada y se pone a criticar cuando mi padre aparece. No es como otros padres. No está mucho en casa. A mi madre no le importa. Están enamorados o, al menos, mi madre lo está de él y dice que con eso es suficiente. Yo la creo, pero Julie no. Julie dice que mamá necesita algo más que un marido que sólo la visita una o dos veces al año, se queda algún mes que otro y luego desaparece.

—¿Adónde va?

–No lo sé. Ninguna lo sabemos. Lo ha hecho siempre. Marina lo acepta, pero Julie jamás lo perdonará. Son dos personas con opiniones muy firmes. Las personas deberían tener opiniones firmes.

Kane le acarició el rubio cabello, suave y condenadamente erótico.

–¿Por qué?

–Porque eso pone orden en la vida de uno. Yo soy la mediana, maldecida con la capacidad para ver las dos caras de la moneda. Me molesta y también a los que me rodean.

Kane le alzó la barbilla, obligándola a mirarlo. Los ojos de Willow eran del color del mar caribeño. Incluso enrojecidos eran bonitos. Esa boca lo incitaba. De repente, el deseo se apoderó de él.

–Kane, ¿te pasa algo?

–No, estoy bien.

¿Qué le ocurría? La había poseído una noche y eso era suficiente. Siempre había sido suficiente. Necesitaba una distracción.

–¿Te gustaba dibujar la viñeta? –preguntó Kane.

Los ojos de ella se ensombrecieron instantáneamente.

–Claro. Era divertido y creativo. Aunque algunas veces no me gustaba el estrés de tener una fecha de entrega. Solía retrasarme en la entrega, lo que no era bueno.

–¿Era tu sueño? ¿Era lo que querías hacer desde pequeña?

Los ojos de Willow se despejaron y sonrió.

–No. No era mi sueño de niña.

–¿Cuál era tu sueño de niña?

Willow se apartó ligeramente de él y se secó la cara con una mano.

–Siento haberme puesto en evidencia de esta manera. Tú sólo querías que te ayudara a encontrar la gata y te he mojado la camisa.

Willow tocó el húmedo tejido. Kane ignoró el ardor que el roce le había provocado.

–No has contestado a mi pregunta.

–Lo sé. Es sólo que… es tan insignificante. Julie hace grandes cosas y Marina quizá salve vidas, es posible que hasta el planeta. Yo no soy así.

–¿Por qué ibas a tener que ser así?

–No lo sé. Pero si no soy igual que ellas, ¿no me sentiré marginada?

–Siempre serás parte de tu familia –le dijo Kane–. A lo mejor, si hicieras lo que quieres hacer en vez de lo que crees que deberías hacer, no te molestaría ser diferente.

Willow parpadeó.

–Eso está bien. ¿Lees libros de autoayuda?

–No.

–Eso me parecía. Lo que yo quiero… –Willow respiró profundamente antes de continuar–. Me encantan las plantas. Me encanta que todas sean diferentes. Me encanta verlas crecer; sobre todo, las duras. Me encanta su aspecto, su tacto, su olor y sus diferentes personalidades.

¿Personalidades? ¿Las plantas? Bueno, se trataba de Willow.

–A veces, cuando cambian en una noche, es co-

mo magia –dijo ella–. Me gustaría abrir un invernadero.

Willow se interrumpió y pareció encogerse, como si estuviera dispuesta a recibir un ataque.

–Una tontería, ¿verdad?

–No, no es ninguna tontería –le dijo él–. ¿Por qué
no lo haces?

–No sé nada respecto al negocio en sí. No he es-
tudiado horticultura ni he trabajado en un invernadero. Además, montar un negocio cuesta dinero.

–Podrías casarte con Todd. Un millón de dólares
es dinero suficiente para montar un negocio.

Willow sonrió.

–Muy gracioso.

Después, Willow se recostó en el sofá, pillándole
el brazo, pero Kane no quiso apartarlo.

–Está bien, hablaré en serio. Ponte a trabajar en
un invernadero y aprende el negocio. Y métete en una
escuela técnica donde se aprenda a llevar un negocio.

Willow se lo quedó mirando.

–Lo dices como si eso fuera sencillo.

–¿Por qué iba a ser difícil? Cuando estaba en el
hospital y uno del ejército que reclutaba soldados vino a verme, me di cuenta de que era la oportunidad
perfecta. No podía quedarme donde estaba, volve-
rían a por mí. Ya había falsificado la fecha de nacimiento, diciendo que tenía dieciocho años; por lo tanto, cuando me dieron el alta, me alisté en el ejército.
Si es importante, uno hace lo que sea. No tiene por
qué ser difícil. Willow, has conseguido que adopte a
esa maldita gata. Créeme, puedes montar un negocio.

–¿Lo dices en serio?

–Lo sé.

Willow sonrió, fue una sonrisa de felicidad que le hizo desear desnudarla allí mismo y poseerla.

En lugar de ello, le ofreció una pasta.

Más tarde, cuando Willow se hubo marchado y Kane volvía a estar solo con los gatos, miró a la gata madre, que lo observaba con gran interés.

–No te hagas ilusiones –le dijo él–. Sólo llamé a Willow para que me ayudara a encontrarte, no volverá a ocurrir. No me gusta nadie, ni siquiera tú.

La gata parpadeó.

–Tan pronto como tus crías se puedan defender por sí mismas, os llevo a todos al lago. Que quede claro.

La gata volvió a parpadear y sus ronroneo fue lo único que se oyó en la habitación.

Capítulo Seis

Willow eligió una de las diminutas bolas que tenía encima de la mesa, agarró también el pegamento y, con sumo cuidado, la pegó a una de las velas que había acabado la noche anterior. Entretanto, hizo lo posible por no sonreír mientras Kane se paseaba por su pequeña cocina.

Lograba cruzar la estancia con tres zancadas. Ella le había ofrecido una silla, pero Kane parecía decidido a llevar aquella conversación de pie.

Se lo veía incómodo, quizá fuera por la decoración de su casa, pensó Willow; era muy femenina, sobre todo, con los lazos y los frunces de las cortinas que ella misma había hecho. Había plantas por todas partes, así como velas y tazones con flores secas aromáticas. Una pequeña colección de unicornios de porcelana adornaban una de las estanterías del cuarto de estar. Los muebles eran blancos, de bambú, y los sillones tenían cojines con estampado de flores.

No, no era la clase de sitio que a Kane debía de gustarle.

—Voy a estar fuera dos noches —dijo Kane—. Si pudieras ir a dar de comer a la gata…

–No te preocupes, lo haré –respondió Willow sonriente–. Me encargaré de la comida y del aseo de los gatos, pero tendrás que darme las llaves de tu casa.

–Sí.

Willow agarró otra bolita.

–Será como si viviéramos juntos.

Kane la miró fijamente.

–No, no vivimos juntos.

–Yo no he dicho eso exactamente.

–Lo has insinuado. Sólo vas a cuidar de la gata, eso es todo. La gata que te empeñaste en que me quedara yo. No debería tener una gata.

–Pero la tienes.

Kane apretó los labios.

–Tú encárgate de la gata y nada más. Y no rebusques entre mis cosas.

Willow fingió sentirse insultada.

–¿Crees que haría semejante cosa? Por favor, Kane, ¿cuándo he violado yo tu espacio?

–¿Quieres que te haga una lista? Te conozco –gruñó él–. Eres una cotilla.

Era muy divertido, pensó Willow contenta. Kane era adorable cuando se enfadaba.

–Te prometo que no lo haré.

–No te creo.

–Eh, yo no miento. He dicho que no curiosearé.

–Si lo haces me daré cuenta.

Probablemente.

–Te he dado mi palabra –lo informó ella–. Respetaré tu intimidad.

Kane la miró durante un segundo; luego, dejó la llave de su casa encima del mostrador de la cocina.

–Voy a ensañarte una cosa –añadió Willow.

Al momento, se levantó, fue al cuarto de estar y agarró un catálogo que tenía encima de una mesa de centro de cristal y bambú.

–Mira –le dijo agitando la revista en la mano–. Es del semestre de primavera de la escuela técnica de mi barrio. Voy a apuntarme a clases para montar un negocio. Y también he estado buscando trabajo en invernaderos.

Willow se interrumpió para darle efecto a la noticia.

–Tengo una entrevista el jueves –añadió.

–Me alegro mucho –dijo Kane, relajándose.

–Gracias. Te lo debo a ti.

–Lo único que he hecho ha sido mencionar la posibilidad, lo has hecho tú todo.

–Te debo un favor –insistió ella.

Kane se puso tenso otra vez.

Willow sonrió traviesamente.

–¿Te estoy poniendo nervioso? No era mi intención.

–Sí, me estás poniendo nervioso.

–Está bien, pero no es para preocuparse. Admítelo, Kane, no habías conocido nunca a nadie como yo y te estás encariñando conmigo.

–Como me encariñaría con el moho –Kane se cruzó de brazos–. Ya veo que te sientes mejor. De nuevo con autoridad y descarada.

«Descarada». ¿Era así como la veía?

–No te hagas ilusiones –añadió Kane.

–Claro que no. Tú no quieres tener una relación. ¿Y amigas?

–No.

–Ni novias, ni familia ni amigos. Es lo más triste que he oído en mi vida –murmuró Willow.

¿Era realmente posible que no quisiera a nadie y que nadie lo quisiera? Empezó a ponerse muy triste.

–No vayamos por ese camino –le advirtió.

–¿Qué camino?

–Ninguno que a ti te importe. Es mi vida y me gusta.

–¿Es que nunca quieres algo más?

–No.

Sin pensar, Willow cruzó la distancia que los separaba y lo abrazó. Kane le apartó los brazos.

–No quiero esto, Willow.

–Puede que yo sí. Acéptalo y dame un abrazo.

Willow pensó que él iba a ignorarla; pero, por fin, sintió los brazos de Kane alrededor de su cuerpo.

Se mantuvieron abrazados. Kane era el hombre más peligroso que había conocido en su vida; sin embargo, no le tenía miedo. Seguía haciéndola sentirse segura y a salvo.

Willow alzó el rostro y lo miró a los ojos. La pasión que vio en ellos la dejó sin respiración. El deseo se apoderó de ella.

–Quieres acostarte conmigo.

Inmediatamente, Kane se apartó de ella.

—Eso no tiene importancia.

—Claro que la tiene. Es maravilloso. Vamos a acostarnos.

Willow le tomó la mano y tiró de él hacia el dormitorio, pero Kane se negó a moverse. Ella se dio media vuelta, encarándosele.

—¿Qué demonios te pasa? —quiso saber Willow.

—Tengo motivos para seguir unas ciertas reglas de comportamiento.

—Eres un cabezota y tus reglas son estúpidas.

—Eso es sólo tu opinión —la informó él.

—Pero me deseas, lo sé.

—Sí, es verdad. Pero no voy a hacer nada.

—Kane…

Kane se acercó a la puerta.

—Volveré el jueves por la tarde.

El jueves por la tarde Willow dejó el coche a la puerta del edificio donde estaba su apartamento. No podía dejar de sonreír, la entrevista le había ido muy bien. Beverly, la dueña del invernadero, y ella habían hablado de plantas y jardines durante casi dos horas. Al final, Beverly no sólo le había ofrecido el puesto de trabajo sino que también había aumentado el salario en dos dólares la hora, tras prometer más subidas con el tiempo.

—Eres la clase de persona que estaba buscando —le había dicho Beverly—. Es una suerte que hayas venido.

Tenía ganas de bailar de lo contenta que estaba,

pensó Willow mientras salía del coche y se dirigía a la puerta.

Pero su buen humor se disipó cuando vio una moto, que conocía muy bien, delante del edificio. Junto a la moto estaba un hombre alto y desgarbado.

Chuck había vuelto.

De repente le extrañó que esas tres palabras, en el pasado, hubieran despertado en ella la ilusión de que quizá hubiese regresado para quedarse. Chuck era una extraña mezcla de un hombre que necesitaba ayuda y, al igual que su padre, de un hombre que sólo podía permanecer en el mismo sitio unos meses.

—Willow —dijo él mientras se le aproximaba—. Estás estupenda.

—Hola, Chuck.

Willow contempló el largo cabello, los ojos de gato y la sonrisa sensual de Chuck, y se preparó para empezar a derretirse. Pero no le ocurrió esta vez. No sintió nada.

—Has cambiado la cerradura —dijo él señalando la puerta—. No he podido entrar.

—Sí, he cambiado la cerradura —seis meses atrás.

—¿No me vas a invitar a entrar?

Willow no tenía nada que decirle, pero ¿por qué no?

—Sí, entra.

Willow abrió la puerta y lo dejó entrar. Chuck miró a su alrededor y sonrió traviesamente.

—Igual que siempre —dijo él—. Está todo muy bonito.

¿Bonito?

–Si no recuerdo mal, solías decir que la decoración de mi casa era tan femenina que daba ganas de vomitar.

–¿Eso decía? No hablaba en serio. Tienes mucho gusto, Willow.

Chuck se le acercó y la rodeó con sus brazos.

–Y también estás muy guapa. Sensual.

¿Sensual?

–¿Desde cuándo? –preguntó ella–. Después de la única vez que nos acostamos juntos me dijiste que me considerabas como una hermana.

–No, no lo dije en serio.

Willow se apartó de él, entró en la cocina y sirvió dos vasos de té con hielo.

Chuck se apoyó en el mostrador de la cocina.

–Siguiendo tus consejos, he cambiado de vida, Willow. Me fui a vivir a Tucson, encontré trabajo y he ahorrado dinero. También gané mucho dinero jugando al póquer y lo invertí en una empresa. Me va muy bien y ahora estoy ahorrando para comprarme una casa.

–Me alegro por ti –dijo Willow con sinceridad.

–No quiero volver a llevar la vida que llevaba antes –le dijo Chuck–. Te necesito, Willow. Me siento mejor cuando estoy contigo. Por eso, se me había ocurrido que podrías venir conmigo. Podríamos vivir juntos durante un tiempo y si las cosas nos fueran bien podríamos casarnos. Quieres casarte, ¿no? ¿Y tener hijos?

Un año atrás Willow no habría tardado ni un segundo en decir que sí. Ahora, no sentía nada.

¿Qué le pasaba?

—Te deseo lo mejor. Estoy muy orgullosa de ti, del cambio que has dado en tu vida… pero no tengo ningún interés en irme a vivir a Tucson.

Chuck volvió a acercársele y le puso las manos en las mejillas.

—Eh, Willow, he vuelto.

Entonces, Chuck bajó la cabeza y la besó.

Willow esperó la llegada de la incipiente pasión; o, al menos, un deseo de venganza. Al fin y al cabo, Chuck, después de haberse acostado con ella, le dijo que no le gustaba en ese sentido.

No le devolvió el beso. ¿Qué sentido tenía?

Chuck se enderezó.

—¿Qué pasa?

—Nada —respondió ella con honestidad, casi contenta—. Absolutamente nada.

—Te he dicho que quiero vivir contigo —dijo Chuck—. Estabas esperándome, ¿no?

—Parece ser que no —lo informó Willow, haciendo un esfuerzo por no sonreír. Se sentía libre y en paz consigo misma.

—Pero…

Willow retrocedió unos pasos.

—Chuck, estoy contenta de que hayas encontrado lo que querías y me alegro de haberte ayudado. Pero no me necesitas. Será mejor que encuentres a otra mujer a la que realmente ames y con la que quieras formar una familia. Una mujer que te haga feliz.

—Yo te quiero a ti —insistió él.

—No lo creo. La cuestión es que yo siempre te

ayudaba. Pero ya no me dedico a eso, no necesito hacerlo. Te irá bien.

Chuck parecía más confuso que disgustado.

–He vuelto para llevarte conmigo.

–Te lo agradezco, pero no.

–Estabas enamorada de mí.

–Ya no –quizá nunca lo hubiera estado. Quizá hubiera sido una fantasía.

Willow miró el reloj de la pared y añadió:

–Bueno, tengo cosas que hacer. Tengo que salir.

Chuck la agarró de un brazo.

–¿Se trata de otro hombre?

«Ojala», pensó Willow, consciente de que se había curado de desear a hombres que no la deseaban.

–No. Se trata de un gato. Estoy cuidando del gato de un amigo.

–Si es por el dinero, te lo devolveré –dijo él.

Sí, cuando los elefantes volaran.

–Estupendo.

Willow le quitó la mano de su brazo y, con cuidado, lo empujó hacia la puerta, al tiempo que, en el camino, agarraba su bolso y las llaves.

–Gracias por pasarte por aquí. Me alegra haberte visto, Chuck. Te deseo lo mejor del mundo.

Una vez que estuvieron fuera, Willow cerró la puerta con llave y se dirigió a su coche.

–Adiós y buena suerte –le dijo a modo de despedida.

Él no le respondió. Willow puso en marcha el vehículo y se marchó. Después de dar varias vueltas por el barrio, cuando estaba segura de que Chuck se había ido, regresó a su casa.

Entró en su piso y recogió unas velas y más pastas que había hecho. Quería darle una sorpresa a Kane. Quería hacerle un recibimiento en toda regla.

Fue a casa de Kane y entró. Jazmín maulló a modo de saludo. Willow se agachó junto a la gata y la acarició. Dos de las crías habían abierto ya los ojos.

–Hola, pequeños –dijo ella con voz queda–. Estáis ya muy mayores. Sí, sí que lo estáis. ¿Sabéis quién viene esta tarde? Kane. ¿Estáis contentos de que venga? Yo sí.

Después de dar de comer a Jazmín y de limpiar el cajón de arena, Willow salió, fue a su coche y sacó las bolsas. Estaba a punto de entrar otra vez cuando oyó un ruido extraño.

Chuck, en su moto, llegó hasta la casa y se detuvo. Se quitó el casco y caminó hacia ella.

–Se trata de un hombre –dijo él–. Me has mentido.

–Yo no te he mentido. Te he dicho que estaba cuidando de un gato. ¿Quieres verlo?

Chuck le quitó una de las bolsas y miró el contenido.

–Velas y pastas. Te conozco, Willow. Se trata de otro hombre.

–¿Y qué? ¿Por qué te sorprende? Es mi vida, Chuck. Tú has estado meses ausente y no ha sido la primera vez que te has marchado. ¿Creías que iba a estar esperándote?

La expresión de perplejidad de él le indicó que la respuesta era afirmativa. Qué estupidez.

–Antes siempre me habías esperado.

–Ya no. Mi vida ha cambiado.

–¿Quién es ese tipo?

–Somos amigos solamente.

–No te creo –Chuck dejó la bolsa en el suelo y se acercó más a ella–. ¿Quién es?

Willow nunca había visto a Chuck tan enfadado. Y cuando lo vio alzar una mano, por un segundo creyó que iba a pegarle.

Kane rodeó con el coche la curva del camino y, delante de su casa, vio a Willow y a un tipo que no conocía. Le llevó menos de dos segundos reconocer el miedo en el lenguaje corporal de Willow y una amenaza en la forma en que aquel hombre alzaba la mano.

Aparcó y salió del coche.

–¿Es éste? –le preguntó aquel intruso a Willow mientras él se acercaba–. ¿Es por él por lo que no quieres volver conmigo?

–No quiero estar contigo porque no quiero –respondió ella con firmeza–. No quiero tener una relación contigo, Chuck. Márchate.

Chuck se echó a reír.

–Ni lo sueñes.

Willow miró a Kane.

–Perdona, Kane. Éste es Chuck. Éramos amigos.

Chuck la miró furioso y luego lanzó una maldición. Aunque había bajado la mano, estaba muy cerca de Willow y hacía todo lo posible por intimidarla. Pero ella no parecía dispuesta a permitírselo.

–Willow es mía –dijo Chuck, que seguía mirando furioso a Willow–. Se viene conmigo.

Kane se vio preso de una súbita cólera. Estaba listo para atacar, pero no sabía si debía hacerlo.

No quería sentir la necesidad de proteger a Willow, pero no podía evitarlo. Se acercó a Chuck.

–¿Crees que voy a permitirte que te lleves a Willow?

Chuck lo miró y parpadeó.

–Yo…

–Puedes intentarlo, me divertiría –continuó Kane–. Vamos, inténtalo.

Chuck palideció y dio un paso atrás.

–¿No tenías tantas ganas de presionarla? –dijo Kane–. ¿Ibas a pegarle? Eso me ha parecido. ¿Eres la clase de individuo que disfruta pegando a las mujeres? Porque, de donde yo vengo, eso es lo más bajo de lo más bajo. En el sitio de donde yo vengo nos limpiamos los pies en tipos como tú. Tampoco me importaría hacerlo.

Chuck alzó ambas manos.

–Eh, no le he hecho daño. Pregúntaselo si no me crees.

Kane continuó mirándolo.

–Súbete a tu moto y márchate. Y no vuelvas a acercarte a Willow en la vida. De hecho, mejor no vuelvas a Los Ángeles. ¿Queda claro?

Chuck asintió, se subió a su moto y se marchó a toda prisa.

Kane se volvió hacia Willow, que lo miraba con intensidad.

—Desde luego, si algo no eres es aburrida.

Willow sonrió.

—Bienvenido a casa.

Capítulo Siete

Kane entró en la casa primero. Willow lo siguió y cerró la puerta.

—No sé qué le ha pasado, jamás había sido posesivo —comentó Willow, confusa por el comportamiento de Chuck y aliviada de que Kane hubiera llegado cuando lo había hecho—. Era muy débil de carácter e introvertido. Jamás había mostrado interés en mí. Y otra cosa, yo no lo he traído aquí. Estaba esperándome a la puerta de mi casa. Charlamos, le dije que todo había acabado entre nosotros y se fue. Creo que me ha seguido hasta aquí. Es muy raro.

—No es raro —dijo Kane mirándola—. Antes, siempre estabas disponible. Esta vez no lo estabas. Eso le ha hecho desearte más.

—Qué retorcido —murmuró ella; de repente, notó lo guapo que estaba Kane.

Kane llevaba un traje que enfatizaba la anchura de sus hombros. Si hubiera sido él quien la hubiera invitado a irse a vivir a Tucson no habría vacilado ni un segundo.

—Es típico. Siempre queremos lo que no podemos tener —dijo Kane.

Willow consideró esas palabras y luego sacudió la

cabeza. No, a ella le gustaría Kane aún más si él le rogara que se quedara con él. Aunque Kane jamás haría una cosa así.

–En cualquier caso, no le va a quedar más remedio que conformarse –dijo Willow con firmeza–. Estoy harta de ayudar a los hombres. Ya no necesito ayudar a nadie para tener confianza en mí misma.

Kane arqueó las cejas.

–¿Has leído eso en alguna revista?

–No.

Willow sonrió traviesamente, le agarró una mano y tiró de él hasta la ventana. Después, le dijo:

–Mira. Flores. Bonitas.

–Te estás burlando de mí.

–Sólo un poco. Está bien, estos tiestos tienen hierbas. Albahaca y romero, y se las reconoce por el olor y por sus usos culinarios. Y estos otros dos tiestos tienen flores, son rosales pequeños, de pitiminí; muy fáciles de cuidar.

–Bueno.

Willow esperó a que dijera algo más. Sabía que a Kane las plantas no le volvían loco, pero… ¿aceptaría el regalo?

–¿Qué? –preguntó él.

–Podrías fingir interés.

–¿Me creerías?

–Lo intentaría.

Kane suspiró.

–Son preciosas. Gracias.

–De nada.

Willow, aún agarrándole la mano, tiró de él otra vez.

—Ven a ver a los gatos. Dos de las crías han abierto los ojos.

Kane le permitió llevarlo al otro lado del cuarto de estar. Jazmín maulló cuando lo vio; se levantó, se estiró y saltó de la caja.

Kane se agachó y acarició al animal.

—¿Qué tal el viaje? —le preguntó ella cuando Kane se enderezó.

—Bien.

—¿Café?

—Bueno —respondió él tras titubear unos momentos.

Una vez en la cocina, Willow echó el agua en la cafetera y sacó el paquete de café de la nevera.

—Me he portado muy bien durante tu ausencia —declaró ella—. No he cotilleado. Ni he mirado los cajones, ni los armarios ni nada.

—En ese caso, ¿cómo sabías dónde tenía el café?

Willow sonrió.

—Te vi sacarlo de la nevera cuando estaba aquí. De hecho, no me he portado bien, me he portado excelentemente.

—¿Te ha resultado muy difícil?

Willow encendió la cafetera eléctrica.

—Sí, bastante. Pero te di mi palabra y soy una persona de principios.

Kane la miró y ella sintió la intensidad de su mirada. ¿Había ardor en esos ojos o eran imaginaciones suyas?

–¿Cuántos hombres ha habido en tu vida? –preguntó él–. Me refiero a tipos como Chuck.

–Un par.

Kane continuó mirándola.

–Unos cuantos –añadió Willow.

–¿E intentabas solucionarles la vida a todos?

–Más o menos; algunas veces, funcionó.

–¿Y sigues pensando en solucionarme la vida a mí? –preguntó Kane con ironía.

–¿Sabes? Estaba pensando justo en eso. La cuestión es que no creo que tú necesites que te solucione la vida nadie. La tienes más o menos resuelta. A excepción de lo de estar solo. Eso es una pena.

–Puede que sea porque me gusta el silencio.

–A nadie le gusta estar solo todo el tiempo. Admítelo, te has alegrado de verme al llegar.

–Sí, me ha encantado verte con un tipo que estaba a punto de pegarte.

–No creo que pensara hacerlo en serio –comentó Willow.

–Pues yo creo que sí –Kane se le acercó–. Eres un peligro para ti misma.

Willow sintió el calor del cuerpo de Kane.

–¿Vas a solucionarme la vida? –preguntó ella mirándolo a los ojos, y contuvo la respiración al ver tanta pasión.

Volvía a desearla.

–Lo tuyo no tiene arreglo.

–Podrías intentarlo.

–Tengo una idea mejor.

¡Maravilloso! Willow apagó la cafetera.

–¿Vas a volver a sermonearme? ¿Vas a volver a decirme que sólo te acuestas con alguien una noche y me vas a advertir que lo único que puedo conseguir contigo es sufrir?

–No.

A Willow le dio un vuelco el corazón.

–¿En serio? –

–En serio.

Kane se agachó, dispuesto a besarla. Ella le puso los dedos en los labios.

–¿Habrías pegado a Chuck?

–Sí, si te hubiera tocado.

–Quieres decir si me hubiera pegado, ¿no?

–No. Si te hubiera tocado.

Entonces la besó.

La boca de Kane era ardiente y firme y suave… y ella quería darle todo. Kane la rodeó con sus brazos y la estrechó contra sí.

Kane le puso las manos en el rostro y profundizó el beso. Le acarició la boca con la lengua, excitándola.

–¿Por qué no consigo dejar de pensar en ti? –preguntó él con voz espesa.

–Porque soy irresistible –respondió ella con una sonrisa traviesa.

Kane alzó el rostro y la miró a los ojos, pero no sonreía.

–Sí, lo eres.

Kane la tomó en brazos y la llevó al dormitorio. Una vez allí, la dejó en el suelo y le puso las manos sobre los hombros.

–Dime que quieres hacer esto –dijo Kane.

–Te deseo, Kane.

Kane le sacó el jersey por la cabeza y, mientras se besaban, le bajó la cremallera de los pantalones. Al momento, ella sintió los dedos de él en la entrepierna y todo pensamiento coherente se desvaneció.

Sólo existía el aquí y ahora, y la magia que ese hombre estaba creando.

Kane continuó acariciándola y besándola. Con la mano que tenía libre, le desabrochó el sujetador. Ella bajó los brazos y dejó que la delicada pieza de lencería cayera al suelo; después, contuvo la respiración cuando Kane, bajando la cabeza, le cubrió un pezón con la boca.

Un exquisito placer se apoderó de ella. Pero quería más, necesitaba más…

–Kane –susurró Willow–. No puedo contenerme por más tiempo.

Fueron las palabras equivocadas, porque Kane se detuvo. Antes de que ella pudiera protestar, él le había quitado los zapatos, los pantalones, los calcetines y las bragas. Cuando se quedó desnuda, Kane se desnudó también, agarró un condón y la condujo a la cama.

Una vez que Willow estaba tumbada, Kane se arrodilló entre sus piernas y la besó en el centro de su deseo.

Willow recordó la vez anterior que Kane le había hecho eso, el placer que le produjo, la facilidad con que le hizo alcanzar el clímax. En esta ocasión, se relajó y se entregó a un mundo de pura sensación.

Hincó los talones en el colchón y se arqueó. Más y más cerca. La lengua de Kane la estaba llevando al momento anhelado.

—Ya casi —dijo Willow jadeante, moviéndose con más rapidez—. Casi…

El orgasmo la hizo temblar de pies a cabeza. Era maravilloso. Era prácticamente un milagro.

Willow abrió los ojos y le sorprendió mirándola.

—Se te da verdaderamente bien —murmuró ella.

—Estoy inspirado.

Mientras Willow se relajaba, Kane se había puesto el condón. Le agarró el miembro y lo guió a su interior; entonces, contuvo el aliento al sentir, una vez más, un placentero cosquilleo.

Lo rodeó con las piernas, empujándolo hacia sí. Kane, apoyándose en los codos, la miró fijamente mientras la llenaba; entonces, se retiró. Lo hizo una y otra vez, sin apartar los ojos de los de ella.

Willow no rompió el contacto visual. Vio pasión en los ojos de Kane y algo más. Algo oscuro y roto que pedía su auxilio. ¿Era su corazón? ¿Era su alma?

Tembló al pensar en ese hombre solitario compartiendo tanto con ella. ¿Había logrado alguien más acercarse tanto a Kane?

No lo sabía y al poco dejó de pensar, cuando la fuerza del cuerpo de Kane volvió a conducirla al borde del orgasmo.

Cada empellón de Kane la llenaba… hasta hacerla gritar de placer cuando alcanzó el clímax. Involuntariamente, cerró los ojos, y fue cuando Kane se dejó llevar a la cima del placer, perdiéndose en ella.

***

Kane estaba sentado en el cuarto de estar con una copa en la mano. Era pasada la medianoche y la casa estaba en silencio. Incluso los gatos dormían.

Sólo una pequeña lámpara en un rincón proyectaba más sombras que luz, haciéndose eco de su estado de ánimo.

Había roto las reglas que se había impuesto a sí mismo. Reglas fijadas después de que una mujer hubiera estado a punto de causar su muerte. ¿No era suficiente lección un disparo en el vientre? ¿Por qué arriesgarse otra vez? La dependencia emocional sólo podría hacerlo más débil. Tenía que ser fuerte, era la única forma de mantenerse vivo.

Algo lógico. El problema era que no podía comportarse de forma lógica al lado de Willow.

No sabía por qué. ¿Por qué ella y no otras? ¿Qué tenía Willow que le hacía desear olvidar las lecciones que le había enseñado la vida? ¿Por qué, a pesar de haber estado tan lejos, no había podido olvidarla?

Se quedó mirando el paquete que tenía en la mesa de centro. En Nueva York, una vez zanjados los asuntos que lo habían llevado allí y con unas horas libres antes de tomar el avión de regreso, había hecho algo que jamás había hecho… se había ido de compras.

Le había comprado un bolso grande cubierto de plantas. Era colorido y ridículamente caro; sin embargo, en el momento en que lo vio, se dio cuenta de que era el regalo para ella. Lo había comprado, lo había llevado a casa y ahí lo tenía ahora.

¿Y qué debía hacer? ¿Dárselo? Sabía lo que Willow pensaría y lo que significaría para ella. Pensaría que él sentía algo por ella, pero no era así. No podía ser así. No podía arriesgarse a que una persona lo destruyera.

Willow troceó las verduras para la ensalada. Marina abrió el horno una vez más y se quedó mirando el pan.

—¿Está dorándose? No me parece que se esté dorando —dijo Marina.

Julie miró a Willow y luego alzó la mirada al techo.

—Eres la científica de la familia —dijo Julie—. Por lo tanto, deberías saber que el calor se escapa cuando se abre la puerta del horno. Si sigues así, el pan no se va a dorar nunca. Cierra la puerta y no vuelvas a acercarte al horno.

—Sí, ya lo sé —Marina obedeció a su hermana—. Pero es que es la primera vez que hago pan y quiero que me salga bien.

Era sábado y Willow y sus hermanas estaban en casa de su madre. Naomi se había ido a trabajar con el doctor Greenberg a una clínica de bajo coste y sus hijas habían decidido preparar una cena.

Willow dejó el cuchillo y se limpió las manos con el trapo de cocina. Entonces, miró a sus hermanas.

—Tengo que deciros una cosa.

Julie y Marina la miraron.

–Me han despedido de la revista.

–Oh, no –Marina se apartó del horno y se acercó a ella–. Qué pena. ¿Por qué te han despedido? ¿Cuándo? ¿Cómo estás?

Julie también se le acercó y le puso un brazo sobre los hombros.

–¿Quieres que los denuncie?

Willow negó con la cabeza.

–Estoy bien. Al principio, me deprimí bastante, pero ahora estoy bien. Ha servido para darme cuenta de lo que realmente quiero hacer con mi vida.

–¿Y qué es? –preguntó Marina algo preocupada.

–Para empezar, voy a trabajar en un invernadero; luego, quiero abrir mi propio negocio. Empiezo el trabajo el lunes y es un sitio estupendo. Es enorme. Venden plantas a muchos diseñadores de jardines. Beverly quiere que la ayude a preparar plantas híbridas. También voy a empezar un curso de negocios en enero. Eso me ayudará a montar mi propio invernadero con el tiempo.

Marina y Julie se la quedaron mirando.

–Vaya, lo tienes todo pensado –dijo Marina con admiración–. Estoy realmente impresionada.

–Y yo –dijo Julie–. Es estupendo.

–Sí, lo es. Y esta vez sé lo que tengo que hacer.

–Me alegro –dijo Julie–. ¿A qué se debe este cambio?

–Perder el trabajo en la revista es lo que me ha hecho recapacitar sobre lo que realmente quiero hacer –contestó Willow.

Kane había ayudado, claro. Pero, por extraño que pareciera, no quería hablar de él. Quizá fuera porque no estaba segura de si tenían una relación o no.

—Sólo hay una cosa que quiero pedirte —dijo Willow dando una palmada a Marina en el brazo.

—Pídeme lo que quieras —le contestó su hermana con una sonrisa.

—Estupendo. Bueno, voy a necesitar que te cases con Todd. No me vendría mal un millón de dólares para montar el negocio.

Capítulo Ocho

Kane se sacó del bolsillo de la camisa una memoria USB y la dejó encima del escritorio de Todd.

—Tenemos un problema.

Todd agarró la memoria USB.

—No me va a gustar el problema, ¿verdad?

—Me parece que no. La nueva empresa se basa en los programas exclusivos que tiene. Si los perdemos, tendremos que cerrar. Evidentemente, los empleados, en virtud de su contrato, no pueden divulgar información; y en cuanto a la piratería informática, se han instaurado las medidas pertinentes para evitarla. No obstante, alguien con un par de memorias USB en el bolsillo puede robar la suficiente información como para hundir la empresa.

—¿Puedes tomar las medidas necesarias para evitar que eso ocurra? —preguntó Todd.

—Sí, claro. Pero no va a ser barato y es bastante complicado desde el punto de vista logístico.

—Para eso se te paga tanto dinero.

Kane sonrió.

—En ese caso, ¿tengo carta blanca para hacer lo que tenga que hacer?

Todd le devolvió la memoria USB.

—¿Estás bien aquí, trabajando para Ryan y para mí?

Kane miró a su jefe. ¿Qué pasaba? ¿Se iba a poner Todd sentimental?

—¿Por qué lo preguntas?

—Porque eres bueno en tu trabajo y no queremos perderte. Sé que te han hecho muchas ofertas.

Ofertas horribles. Misiones secretas en lugares conflictivos con el fin de proteger a imbéciles que, en principio, no deberían estar allí.

—No me ha tentado ninguna —contestó Kane.

—¿No te han ofrecido el suficiente dinero?

—Como te he dicho, estoy bien aquí. Y no puedo quejarme del sueldo.

—Sé que no es asunto mío, pero… ¿no tienes ya dinero de sobra para jubilarte? —preguntó Todd—. No necesitas seguir trabajando.

«Ocho millones», pensó Kane. Pero quería doblar esa cantidad antes de irse a vivir a su aislado paraíso.

—Me gusta este trabajo. Además, tengo gustos muy caros. Seguiré aquí durante algún tiempo más.

—Me alegra oírte decir eso —respondió Todd—. Hablando de otra cosa, ¿qué tal con Willow?

—¿Por qué lo preguntas?

—Porque hace un par de noches vi su coche aparcado delante de tu casa. ¿Estáis…?

—No —respondió Kane rápidamente—. No estamos juntos.

—Mmmm —murmuró Todd—. Mira a Ryan, por ejemplo. Hace unos meses, yo habría jurado que era el soltero más empedernido que conocía. Pero ahora… Está loco por Julie. Nunca lo había visto tan feliz.

–¿Te da envidia? –preguntó Kane.

–No. Nunca he tenido suerte con las relaciones y no tengo intención de casarme. Cuando sea viejo, me haré con un montón de perros y les dejaré mi herencia cuando muera.

Kane se echó a reír.

–Eso no hay quien se lo crea.

–Lo sé, pero me encanta decir este tipo de cosas a mi familia; sobre todo, a la tía Ruth. Por cierto, sigue empeñada en casarme.

Todd pronunció la última frase con una mezcla de frustración y afecto. Kane sabía que tanto Todd como Ryan querían mucho a su tía.

–Bueno, Julie ya no es un peligro para ti –dijo Kane, recordando el millón de dólares que las hermanas Nelson cobrarían si alguna de ellas se casaba con Todd.

–Lo que no sé es si Willow lo es o no.

Kane ignoró el comentario

–Aún queda Marina.

–No la conozco. Lo único que sé es que voy a mantenerme lo más lejos de ella como me sea posible.

–Se parece a sus hermanas –dijo Kane.

–¿La conoces?

–La he visto una vez –cuando acudió en auxilio de Willow y apareció con los artículos necesarios para el cuidado de los gatos.

–¿Atractiva?

No tan guapa como Willow.

–Sí.

–Aunque no sé por qué pregunto porque no me

importa –murmuró Todd–. ¿En qué estaría pensando Ruth cuando ofreció todo ese dinero para que alguna se casara conmigo? Si me quisiera casar, lo haría. De todos modos, si ves a Marina por aquí, avísame. ¿De acuerdo?

–Por supuesto.

Kane se encaminó hacia su oficina. Al entrar, se encontró con una mujer mayor muy bien vestida esperándolo.

–Usted debe de ser Kane –dijo la mujer.

–Sí, señora.

La mujer se levantó y se acercó a él.

–Por favor, no me llame señora. Soy Ruth Jamison, la abuela de Willow.

Kane le estrechó la mano y la invitó a sentarse en el sofá de cuero que había en un rincón del despacho.

–¿En qué puedo servirle? –preguntó Kane, sentándose en un sillón delante del sofá.

–Parece usted un joven directo y agradable, así que voy a ser directa también. Tengo entendido que está saliendo con mi nieta, Willow.

Kane abrió la boca y volvió a cerrarla.

–Digamos que la conozco –contestó Kane.

–Sí. Por lo que sé, la conoce íntimamente –Ruth alzó una mano para acallar sus protestas–. El otro día almorcé con Julie y ella mencionó algo. Le aseguro que no estoy espiando. No interfiero en la vida de mis nietas. Sé que fue culpa mía perder el contacto con ellas y ahora debo ser paciente. No puedo obligarlas a quererme en unas semanas. No obstante, sentía curiosidad por saber cómo era usted, pero eso no es interferir en sus vidas.

Kane no sabía qué decir. Por suerte, Ruth parecía contenta con llevar ella la conversación.

—Estoy empezando a pensar que ninguna de mis nietas se va a casar con Todd; aunque, por supuesto, estoy encantada con lo de Julie y Ryan. Como a usted no lo conozco, no sé si es o no el hombre adecuado para Willow. ¿Tienes usted pensado romper con ella pronto?

—Nosotros no… Yo no he… —Kane lanzó una maldición para sí, en silencio—. No lo sé.

—Es una pena. De todos modos, si es usted un buen hombre, podría salir bien. Por supuesto, en ese caso, sólo queda Marina para Todd, y no tengo idea de cómo hacer que se conozcan. Ahora que Todd conoce mis planes, estará en guardia.

—Creía que no era su intención interferir en la vida de nadie.

—Y así es. Lo único que estoy haciendo es ayudar. Los jóvenes necesitan esta clase de ayuda. Si me resignase a seguir el curso de la naturaleza, estaría muerta antes de poder ver a mi primer bisnieto. Y eso no le gusta a nadie.

La mujer se levantó.

—Ha sido un placer conocerlo, Kane. Cuide de Willow, es una joven muy especial.

Cuando Ruth llegó a la puerta, se volvió y lo miró.

—He oído que tiene usted gatitos.

—Ah, sí, tres.

–Estupendo. Cuando estén algo crecidos, me llevaré uno. Siempre he querido tener un gato. A Fraser no le gustaban los animales, pero ahora estoy sola... –Ruth suspiró–. En fin, es una de las ventajas de estar sola. Sin embargo, si pudiera estar con él... Bueno, adiós, Kane.

–Adiós, señora Jamison.

Willow se dirigió a la puerta de la casa de Kane con bolsas de comida.

–Te he traído comida –dijo ella al entrar.

–Ya lo veo.

Willow fue directamente a la cocina, comportándose como si estuviera en su casa. Después de meter algunos alimentos en la nevera, dejó el pan y el vino encima del mostrador; luego, se volvió de cara al posiblemente desganado anfitrión.

–Te llamé para decirte que venía con la cena –dijo ella, intentando que sus palabras no adquirieran un tono defensivo. En realidad, estaba más o menos nerviosa.

–He escuchado el mensaje.

–Es una cena de celebración –dijo ella.

–Lo has mencionado en el mensaje.

Kane no parecía muy feliz. Aunque, por suerte, tampoco parecía infeliz.

–Quería darte las gracias –dijo Willow en voz queda–. Por tu ayuda en los momentos difíciles, cuando perdí el trabajo. Por cierto, llevo ya una semana trabajando con Beverly y me encanta.

Willow alzó las manos, mostrándoselas.

Kane arqueó las cejas.

—Diez dedos. Muy bien.

—No, tonto, mírame las uñas. No tengo uñas; es decir, ya no las tengo largas. Y me han salido callos. Me paso el día trabajando con las plantas, me encanta y todo te lo debo a ti.

—Lo habrías conseguido tú sola.

—Puede ser. Pero me habría llevado una eternidad. Esto es lo que debería haber hecho desde hace siglos y lo sé por ti. A eso se debe la celebración.

—La semana pasada estuve en Nueva York —declaró Kane.

—Eso ya lo sabía.

—Sí, bueno. Y tú cuidaste de los gatos.

Willow se lo quedó mirando. Algo pasaba. Kane parecía… incómodo.

—Verás… te he traído algo —añadió él.

A Willow le temblaron las piernas.

—¿Me has comprado algo? ¿Quieres decir que me has traído un regalo?

—Un regalo de agradecimiento.

Willow se sintió como una niña de cinco años el día de Reyes.

—¿Qué es? ¿Es grande? ¿Es algo típico de Nueva York?

Se quedó a la espera mientras Kane iba a su habitación. Al volver, lo hizo con un enorme paquete que le dio. Ella lo dejó encima del mostrador y lo abrió.

Era un bolso de cuero precioso con adornos florales de todos los colores.

–Es una maravilla –dijo Willow, casi sin creer que aquello era para ella.

–Como te gustan las flores, pensé que te gustaría.

Willow miró el interior del bolso. Tenía compartimentos para bolígrafos, teléfono móvil y gafas de sol. El forro era sumamente suave y el cuero también.

–Es increíble –dijo ella con reverencia–, pero es demasiado. Kane, esto es más que un regalo de agradecimiento por cuidar de tus gatos.

–Es el regalo que te he comprado. Si te gusta, quédatelo.

–¿Si me gusta? Lo más probable es que quiera que me entierren con él.

–Estupendo –Kane sonrió–. Al ver el bolso pensé en ti, por eso te lo compré.

¿Lo había comprado para ella? No podía creerlo.

–Gracias. En serio, es precioso y me encanta.

–Muy bien. Y ahora, ¿qué vino has traído? –preguntó Kane cambiando de conversación rápidamente.

Willow le dio la botella.

–Es un buen Merlot y estaba rebajado.

Kane sacó el sacacorchos de un cajón y abrió la botella. Luego, sirvió dos copas.

–¿Eran filetes lo que te he visto meter en la nevera? –preguntó Kane dándole una de las copas.

–Sí –Willow sonrió traviesamente y brindó con él–. Por que nuestros sueños se conviertan en realidad.

***

113

Más tarde, después de cenar y sentados en el cuarto de estar delante de la chimenea, Willow se acurrucó en el sillón e intentó no hacerse ilusiones con todo lo que había pasado aquella tarde. Kane le había hecho un regalo, habían bebido vino, habían cenado y habían hablado mucho. Eran un hombre y una mujer que se habían acostado juntos en más de una ocasión.

El problema era que Kane le gustaba. Mucho. Kane era duro por fuera; pero, por dentro, era como la mantequilla.

—Para ser vegetariana te gusta mucho la carne —dijo él.

—Sé que es un defecto. Puedo pasar meses y meses sin probarla y luego, de repente, necesito comer carne.

Willow le sonrió. Kane no le devolvió la sonrisa, pero había fuego en sus ojos. De repente, ella se imaginó con él haciendo el amor delante de la chimenea.

—Me deseas otra vez —declaró Willow contenta—. Desearme es una de tus mejores virtudes.

—Estás haciendo suposiciones.

—No, lo veo en tus ojos.

—Estás borracha.

Willow miró su copa; no tenía idea cuántas copas de vino se había tomado.

—Puede que esté algo alegre. ¿Cómo sabes si lo estoy o no?

—Dudo de que dijeras lo que has dicho si estuvieras sobria.

—Tiene sentido. Piensas con lógica. Me gusta.

—¿Te ocurre con frecuencia? —preguntó Kane señalando la copa de vino que ella tenía en las manos.

—Casi nunca. No me gusta perder el control, me asusta. Pero aquí, contigo, me siento completamente a salvo. Es muy raro. Eres la única persona que me ha hecho sentirme especial y a salvo.

—No te fíes de mí, Willow. No soy uno de los buenos.

—Claro que lo eres.

Kane se puso en pie, se acercó al sillón que ocupaba ella, le tomó la mano y la hizo levantarse. Después de quitarle la copa de vino y dejarla en la mesa, se la quedó mirando a los ojos.

—Willow, quiero que tengas claro que no salimos juntos —dijo él.

—Claro que no.

—Esto no va a ir a ninguna parte.

—No me importa.

Kane suspiró.

—¿Estás lo suficientemente sobria para tomar una decisión racional sobre si quieres o no quedarte aquí a pasar la noche?

Bien, iban por el buen camino.

—No. Pero estoy lo suficientemente sobria para decirte que me poseas con todas tus fuerzas, tipo duro.

Kane la abrazó.

—No tengo ningún problema con eso.

Capítulo Nueve

Era un día perfecto, pensó Willow feliz al salir del cuarto de baño e ir a la cocina.

–Vaya, madrugas –comentó Kane.

Kane estaba preparando café. Llevaba pantalones vaqueros y una camiseta. Y ella sabía que, debajo, no llevaba nada.

Por supuesto, ella tampoco llevaba mucha ropa. Como no tenía una bata, Kane le había ofrecido una camisa blanca suya. Era enorme, pero le gustaba cómo le quedaba. Además, le hacía sentirse más cerca de él.

–A veces, me gustan las mañanas –dijo Willow, incapaz de apartar los ojos de Kane.

–¿Estás cansada? –preguntó él.

–Sí. ¿Y tú?

–Me echaré una siesta.

Willow rió. Kane encendió la cafetera eléctrica; después, se acercó a ella y la besó, deslizando sus manos por debajo de la camisa, acariciándole las desnudas nalgas.

–¿Otra vez? –preguntó Willow con el pulso acelerado.

–Quizá después de desayunar –contestó Kane apartándose de ella–. ¿Por qué estás tan sonriente?

—Estaba pensando en anoche.

—Ah. Vale.

Willow volvió a reír. Kane estaba aprendiendo a sentirse relajado con ella. Lo conocía lo suficiente para dudar de que eso le ocurriera con otras personas.

—Debes de tener hambre, ¿no? —dijo Kane.

—Estoy muerta de hambre.

Kane le indicó la nevera.

Willow alzó los ojos al techo.

—No, gracias. Sé que no tienes nada en la nevera, aparte de unos cuantos condimentos y una caja de levadura.

—Crees que lo sabes todo, ¿verdad?

—Así es —Willow se acercó a la nevera, la abrió y vio… comida.

—Has ido a la tienda de comestibles —dijo ella mirándolo.

Kane se encogió de hombros.

—Sí, mientras tú dormías.

—Tienes comida ahí dentro. Odias la comida.

—Me gusta la comida. Y como sabía que tarde o temprano ibas a venir, compré unas cuantas cosas.

Willow examinó el interior del frigorífico. Había huevos, beicon, queso, bollos, zumo, pan, carne, lechuga y harina preparada para hacer pastas.

Cerró la puerta y volvió a mirar a Kane.

—¿Sabías que iba a volver? —preguntó Willow.

—Eres muy obstinada.

Willow se le acercó y le puso las manos en el pecho.

–Eres un tipo duro. Podrías mantenerme alejada de ti si realmente quisieras.

Kane suspiró.

–Willow, no hagas una montaña de un grano de arena.

–Deja de decirme eso. Me invitas con una mano y con la otra me apartas –Willow respiró profundamente para darse ánimos–. Estamos saliendo juntos. Tú puedes llamarlo como quieras, pero la verdad es ésa. Somos una pareja. Tú quieres seguir viéndome y yo quiero seguir viéndote. Eso es salir juntos. Acéptalo.

La expresión de los ojos de Kane endureció, pero no se apartó de ella. Entonces, le cubrió las manos con las suyas y se las apartó del cuerpo.

–Tengo mis motivos para no querer decir que salgo contigo –dijo Kane–. Salir con alguien implica fiarse de alguien, y yo no me fío de nadie. Y no voy a cambiar.

Kane estaba equivocado, pensó ella con tristeza. A pesar de negarlo, Kane se fiaba de ella; de lo contrario, nunca le habría dado las llaves de su casa.

Y luego estaba lo del regalo de Nueva York y la comida en la nevera. ¿Y no estaba dispuesto a cambiar? Lo estaba haciendo.

Pero en vez de decirle eso, Willow murmuró:

–No te preocupes, salir conmigo es algo muy simple. Sólo hay unas cuantas condiciones y tú, siendo un tipo listo, las entenderás sin problema alguno.

Kane se la quedó mirando fijamente.

–¿Qué condiciones?

–En primer lugar, si dices que me vas a llamar, quiero que me llames. También que seas puntual y que no salgas con ninguna otra.

Kane, que tenía las manos de ella en las suyas, las acarició.

–No tengo interés en salir con otra.

Willow casi se deshizo.

–Me alegro. Bueno, a ver qué más… Ah, sí, halagos. Siempre me han gustado los halagos.

–¿Y los regalos? –preguntó Kane.

–No son necesarios. Pero no diría que no a un regalo –Willow sonrió traviesamente–. En realidad, no creo que diga que no a nada que venga de ti.

Los ojos de Kane se ensombrecieron de emoción.

–No se me dan bien estas cosas, Willow. Estás pidiendo demasiado.

–Tengo fe en ti.

–¿Y si sale mal?

–¿Por qué pensar lo peor? ¿Y si sale bien?

Kane le soltó las manos y le acarició el rostro.

–Eres una optimista.

–Es parte de mi encanto.

–Sí, lo es –Kane la besó–. Quédate aquí, no te muevas.

Kane salió de la cocina. Willow sirvió dos tazas de café y se quedó esperando a que volviera.

Cuando Kane regresó a la cocina, tenía en la mano una tarjeta.

–Éste es mi teléfono en el trabajo. Te he escrito el número del móvil en la parte de atrás de la tarjeta.

Willow sabía lo que Kane le estaba ofreciendo:

acceso a su mundo. Acceso a él. Era un gran paso por parte de Kane.

A cambio, ella le entregaba su corazón.

A última hora de la mañana del domingo, Willow se encontró delante de la segunda casa más grande que había visto en su vida. Al menos tenía que haber tres jardineros.

Marina la tomó del brazo.

—Bueno, ¿qué te parece?

—Es maravillosa. No puedo creer que alguien de mi familia viva aquí. La casa de Todd es más grande, pero como no es familia, no cuenta. ¿Crees que tiene criados?

—Estoy segura de ello.

—Creo que no me gustaría tener criados. Me gusta ir y venir sin que nadie me controle.

Julie apareció en ese momento.

—Perdonad que llegue tarde. Estaba ocupada… y he perdido la noción del tiempo.

Willow miró a Marina.

—Creo que estaba con Ryan, haciendo… ya sabes.

—Sí, claro.

Julie se alisó la falda del vestido.

—No os estoy oyendo. Bueno, vamos a ver qué quiere nuestra abuela.

Mientras se acercaban a la puerta, Marina suspiró.

—Estás viendo a Kane, ¿verdad?

Willow sonrió.

–Sí. Es oficial. Somos una pareja.

–Estupendo. Así que la única que está sola soy yo. Es algo deprimente.

Julie dio a Marina una palmada en el brazo.

–Tienes a Todd.

–Vayas, gracias.

Las tres se echaron a reír. Por fin, Willow llamó al timbre.

–¿Tiene criada? –preguntó Marina en voz baja.

–Y con uniforme –contestó Julie en un susurro–. Te va a encantar.

No había sólo una criada, había todo un equipo. Una persona para abrirles la puerta y acompañarlas, otra para llevarles bebidas y una tercera para servirles la comida.

Willow hizo lo posible por centrarse en la comida y en la conversación, pero la belleza del «desayunador» lo estaba distrayendo.

–Este cuarto tiene más luz y es menos formal que el comedor –dijo su abuela Ruth al conducirlas a la estancia.

Seis ventanales daban a un hermoso jardín estilo inglés. Había tres candelabros de cristal, una mesa y dos muebles de bufé a lo largo de una pared. La alfombra era antigua y, probablemente, china.

–¿Qué tal los preparativos para la boda? –preguntó Ruth mientras una criada servía los platos de la ensalada.

Julie pareció sorprendida.

–Ah, bien. Bueno, la verdad es que no hemos hecho demasiados planes.

–¿Vais a esperar a que nazca el niño? –preguntó Ruth.

–No, pero el trabajo me ha tenido muy ocupada –contestó Ruth acariciándose el vientre.

–Y también Ryan –bromeó Marina.

Ruth se aclaró la garganta.

–Para mí, sería un honor que consideraseis la posibilidad de celebrar la boda aquí. El jardín es muy bonito, incluso en esta época del año, y es lo suficientemente grande para montar una o dos carpas. O, dependiendo del número de invitados, se podría celebrar dentro de la casa. Hay un salón de fiestas enorme en el tercer piso; aunque nunca subo, es muy bonito. Sé de unas cuantas empresas que organizaban bodas que tiene muy buena reputación.

Willow sabía que aquella casa no era del estilo de Julie, pero que a su hermana podría gustarle la invitación. Además, era una oportunidad que sólo se presentaba una vez en la vida.

Julie sonrió a su abuela.

–Tendría que consultarlo con Ryan. Si a él le parece bien, podríamos celebrar la boda aquí.

–Maravilloso. Tú te encargarías de todo. Te prometo que no interferiré para nada, a excepción de pagar los costes.

–No, no es necesario que hagas eso –dijo Julie rápidamente–. Queremos pagar nosotros.

–Eres mi nieta y él es mi sobrino-nieto. Somos de la familia, querida. Será mi regalo de boda.

Marina se inclinó sobre Willow.

–¿Crees que nos compraría un coche nuevo a cada una? –preguntó Marina en un susurro.

Willow sonrió maliciosamente.

–Pregúntaselo.

Ruth miró a Willow.

–¿Qué tal tu novio, Kane?

–Ah, bien –Willow no comprendía cómo su abuela sabía de Kane. Quizá Todd o Ryan lo hubieran mencionado.

–Un joven interesante –dijo Ruth–. Peligroso, pero excitante y atractivo.

Willow estuvo a punto de atragantarse con la lechuga. ¿Había dicho su abuela, una mujer de sesenta y tantos años, que Kane era atractivo?

–Y tiene bastante dinero –añadió Ruth–. Muchas e inteligentes inversiones.

Willow agrandó los ojos.

–¿Cómo lo sabes?

–Me lo ha dicho Todd. No me ha dicho exactamente cuánto, pero sí que no necesita trabajar, lo hace porque quiere.

Willow no estaba de acuerdo. Al margen del dinero que tuviera, Kane no pensaba que fuera suficiente.

–Parece un hombre muy responsable –continuó Ruth–. Una excelente cualidad. Aunque es algo individualista y solitario. Tendrás que tenerlo en cuenta. Algunos hombres pueden cambiar, otros no. Asegúrate de que te entrega el corazón antes de entregárselo tú a él.

«Un consejo excelente», pensó Willow. Desgraciadamente, lo recibía con un mes de retraso. Kane ya estaba en posesión de su corazón, lo estuvo desde el momento en que ella se rompió el tobillo.

Julie se inclinó hacia su abuela.

–¿Así es como te mantienes al margen de las vidas de los demás? –preguntó Julie con una sonrisa.

–Oh, no. Me estoy metiendo en vuestras vidas, ¿verdad? –Ruth suspiró–. Es una mala costumbre mía. Dejaré de hacerlo después de una cosa más que aún me queda por hacer.

–¿Qué es? –preguntó Julie tras lanzar una carcajada.

Ruth se volvió a Marina.

–Me gustaría que conocieras a Todd. Sé que tienes motivos para no estar entusiasmada con la idea; por lo tanto, incluso estoy dispuesta a retirar la oferta de dinero, pero… hazme ese favor.

Marina miró a sus hermanas; después, clavó los ojos en Ruth de nuevo.

–Está bien, lo conoceré; pero sólo si la oferta de dinero sigue en pie. La promesa de una fortuna lo hace todo más interesante.

–¿Estás segura de eso? –preguntó Julie–. ¿Y si te gustara? El dinero sería un impedimento. Créeme, es una complicación.

–Vamos, por favor. No te ofendas, abuela, pero… ¿qué posibilidades hay de que eso ocurra? Dudo que Todd sea mi tipo. Lo conoceré por darte el gusto, pero no te hagas ilusiones.

–Estás tentando al destino –murmuró Willow.

–Me arriesgaré –dijo Marina–. ¿Qué posibilidades hay de que Todd Aston III sea el hombre de mi vida?

–Desgraciadamente, Marina tiene razón –dijo Ruth–. No obstante, quiero seguir soñando. Es una cuestión de familia. Ah, y hablando de familia, voy a conocer a vuestro padre la semana que viene. Tengo muchas ganas.

–Yo también –dijo Marina.

Julie pareció disgustada; por su parte, Willow se preguntó qué tendría que decirle esta vez.

Más tarde, después del almuerzo, las tres hermanas se marcharon. Cuando llegaron a sus respectivos coches, Marina se volvió hacia Julie.

–¿En serio vas a considerar la posibilidad de celebrar tu boda aquí?

Julie sonrió traviesamente.

–Sí, claro. Ryan adora a Ruth, le gustará la idea. Y estoy segura de que Ruth conoce a los mejores empresas para organizar bodas de la zona, lo que facilitará las cosas. No voy a dejarle que se encargue de todos los gastos; pero, por lo demás, me parece una buena idea. ¿A ti no?

–Me gusta la idea –admitió Marina–. La casa es maravillosa y, además, a la abuela le haría feliz. Sí, ¿por qué no?

–Willow, ¿tú qué opinas? –preguntó Julie.

–A mí también me parece una buena idea.

–Hablando de otra osa –dijo Marina mirando a Julie–. ¿Te molesta que papá vuelva a casa?

Julie se encogió de hombros.

—No lo sé, supongo que no importa. He hablado de eso con Ryan y me ha ayudado bastante. Mamá lo quiere. Puede que yo no comprenda por qué, pero tengo que respetarlos. Papá es su marido y es nuestro padre; y aunque nos parezca un egoísta, es parte de la familia.

Marina sonrió.

—Yo, personalmente, estoy deseando verlo.

—Porque siempre fuiste su preferida —dijo Julie.

—Nos llevamos bien. Estoy de acuerdo en que la vida habría sido más fácil si hubiera sido un padre normal que estuviera en casa, pero no es así. Yo he aceptado siempre cómo es papá y disfruto su compañía cuando está aquí.

—En ese caso, debes de ser mejor persona que yo —dijo Julie con un suspiro—. Bueno, tengo que marcharme ya, Ryan me está esperando.

Julie se despidió de sus hermanas y se dirigió a su coche. Marina se volvió hacia Willow.

—Supongo que querrás ir a ver a Kane.

—Sí.

—Bueno, ahora las dos tenéis novio. Supongo que tendré que buscarme uno también.

—Tienes a Todd.

Marina se echó a reír.

—Sí, claro —Marina dio un abrazo a su hermana—. Bueno, te veré en casa de mamá.

—Ahí estaré.

Marina se marchó.

Willow se subió en su coche y lo puso en marcha.

Ahora que estaba sola, no tenía por qué seguir fingiendo que le hacía ilusión ver a su padre. Lo cierto era que, en secreto, siempre había temido las visitas de su progenitor. Por mucho que hiciera ella, su padre siempre la había considerado una fracasada. Y aún seguía doliéndole.

Capítulo Diez

Por la tarde, Willow cambió de postura en el asiento del Mercedes de Kane, tratando de combatir el ataque de náuseas y preguntándose si desaparecería alguna vez el nudo que sentía en el estómago.

—Estás muy callada —comentó él mientras llevaba el coche al carril de la izquierda—. ¿Te pasa algo?

—No, estoy bien. Es decir, no estoy bien, pero tampoco estoy fatal. Medio fatal. Esto es un error. ¿Por qué vamos a hacerlo? No deberíamos hacerlo. Debería haber dicho que no o que los dos teníamos cosas que hacer o que tú estabas ocupado. Pedirte que vinieras conmigo ha sido un error.

Willow se mordió el labio, suspiró y añadió:

—No lo digo en plan mal.

—No, claro que no. Lo tomaré como un cumplido.

Eso la hizo sonreír.

—No lo digo por ti, sino por mí. Estoy nerviosa. Además, a ti no te gusta esto de las familias. ¿Por qué has dicho que sí?

Kane tomó la salida de la autopista.

—Porque me lo pediste y para ti es importante.

En otras circunstancias, las palabras de Kane le

habrían hecho mucha ilusión. Pero no ese día. Iba a ser un desastre.

—Se trata de mi padre —admitió Willow—. Ha vuelto, lo que es bueno, pero también es… no sé, estoy algo confusa.

—Los padres tienen ese efecto en los hijos.

—¿Te acuerdas tú del tuyo? —preguntó ella.

Kane se encogió de hombros.

—A mí padre no lo conocí. No sé si mi madre sabía quién era. De ella me acuerdo algo, pero casi siempre estaba fuera de casa. Murió cuando yo tenía ocho años.

—¿Dónde estaban los de los Servicios Sociales? —preguntó Willow—. ¿Por qué no se encargaron de ti?

—Creo que no sabían nada de mí. Cuando mi madre murió, me quedé en la calle. En realidad, había vivido en la calle la mayor parte del tiempo, ya era una especie de mascota para algunos miembros de la banda. No me costó mucho que me aceptaran. Además, les era útil; les hacía recados, como llevar drogas de un sitio a otro y cobrar.

A Willow aquello le sonó a chino.

—¿No ibas al colegio?

—Dejé el colegio después de la escuela primaria.

—No lo entiendo, eres una persona con estudios.

—Estudié en el ejército. Luego, todo el tiempo libre que tenía lo pasaba leyendo. Fundamentalmente, lo que sé lo estudié yo solo.

Willow temió que las lágrimas afloraran a sus ojos. No quería llorar. Por lo tanto, respiró profundamente y cambió de tema de conversación.

—Los gatitos están creciendo mucho –dijo–. Van a necesitar una caja más grande.

—Compraré una esta semana.

Por fin, llegaron a la casa de Naomi.

—Bueno, ya hemos llegado –dijo Willow con la esperanza de parecer más animada de lo que estaba.

Entraron en la casa. Eran los últimos en llegar, los demás ya estaban allí. Su padre, como de costumbre, se hallaba en el centro de un grupo.

Estaba igual que siempre, pensó Willow. Aún guapo y rubio, moreno y con esos ojos azules permanentemente impregnados de buen humor.

—Usted debe de ser Kane –dijo Jack Nelson con una sonrisa–. He oído hablar mucho de usted.

Los dos hombres se dieron la mano.

—¿Cómo está mi Willow? –preguntó Jack.

—Estoy bien, papá –respondió ella dándole un abrazo.

Abrazada a su padre, Willow sintió una mezcla de placer y aprensión. Luego, se apartó de él, pero su padre le puso un brazo sobre los hombros.

—Así es como debe ser, de nuevo con mis chicas –dijo Jack.

Willow se separó de él con decisión y se acercó a su madre.

—¿Qué tal estás? –preguntó Willow, aunque veía felicidad en el rostro de su madre.

—Maravillosamente bien. Estoy contenta de tenerlo en casa.

Willow asintió. Vio a Kane hablando con Ryan.

Julie estaba al lado de su prometido, agarrada a su mano como si no quisiera soltarlo. Las familias eran muy complicadas.

—Bueno, a ver si estoy enterado —le dijo Jack a Kane—. Usted trabaja para Ryan, ¿no?

—Soy el encargado de seguridad de las diversas empresas de Ryan y Todd —respondió Kane asintiendo.

—Ryan me ha dicho que es el mejor en su campo de trabajo.

—Sé lo que hago.

—Impresionante —Jack dio una palmada a Kane en la espalda—. Muy bien, muy bien. Al menos, no es como los otros perdedores de Willow.

—Papá —dijo Marina rápidamente, agarrando a su padre de la mano—. Venga, vamos al cuarto de estar. UCLA está jugando contra la Universidad de Washington.

Willow agradeció la intervención de su hermana, pero le habría gustado que no hubiera sido necesaria. Sentía calor en las mejillas y el nudo en el estómago se había hecho más grande.

Su padre se dejó llevar. Pero al llegar al cuarto de estar, volvió la cabeza y miró a Kane.

—Me alegro de que Willow esté cambiando para mejor, siempre me ha preocupado. Nunca ha sido ni tan lista ni tan bonita como sus hermanas. Dudaba que encontrara a alguien que la quisiera. Me alegro de haberme equivocado.

Willow se sintió como si le hubieran dado un golpe en la cabeza con un bate de béisbol. La vergüenza la hizo enrojecer visiblemente. Sin saber qué hacer, corrió a la cocina y allí se echó a llorar.

Al momento, sus hermanas estaban a su lado.

—Es un imbécil —murmuró Julie abrazándola—. Ésta es una de las numerosas razones por las que lo odio.

—Reconozco que no es muy sensible —dijo Marina, abrazándolas a las dos—. Lo siento, Willow.

Al cabo de unos instantes, sus hermanas se retiraron. Durante unos segundos, Willow se quedó sola. Entonces, unos brazos la rodearon.

No tuvo que abrir los ojos para reconocer al hombre que la abrazaba. Se sintió indecisa. Aunque necesitaba estar con él, se hallaba demasiado avergonzada para mirarlo.

—Lo siento —dijo Willow, forzándose a alzar el rostro y clavar los ojos en los de Kane.

Pero en vez de censura, vio en la expresión de Kane… afecto.

—Uno no puede elegir a sus padres.

—Lo sé. Siempre ha sido así. ¿Quieres que irte? Marina podría llevarme a casa.

Kane le secó las lágrimas con la mano y la besó. La besó de verdad.

—Lo que quiero es estar contigo, tenerte a mi lado desnuda —susurró Kane—. Luego quiero hablar contigo y estar a solas contigo. Sólo contigo, Willow. He conocido a muchas mujeres, pero tú eres única. Eres apasionada, hermosa, cabezota, generosa y me encantas.

El nudo desapareció. Las lágrimas se le secaron.

Quería estar dentro de Kane y no salir nunca de allí.

Lo amaba.

Kane observaba la dinámica de las relaciones entre los miembros de la familia Nelson sintiéndose cada vez más incómodo.

—¡Kane! —dijo de repente Jack—. Acompáñeme al estudio.

Kane prefería lanzarse a un río con pirañas antes de meterse en el estudio de esa casa con aquel hombre, pero asintió y lo siguió. Una vez allí, Jack cerró la puerta.

—Adoro a las mujeres; pero, a veces, un hombre necesita escapar —Jack sonrió traviesamente—. Me entiende, ¿verdad?

Kane se sentó en uno de los sillones de cuero mientras su anfitrión servía dos whiskys. Después de darle su vaso, Jack se sentó en un sillón reclinable y alzó su vaso a modo de brindis.

—Por mis chicas. Que siempre me reciban con las puertas abiertas.

Kane no hizo ningún comentario. ¿De qué serviría? Pronto se marcharía de allí con Willow.

—No puedo quejarme de la vida —dijo Jack suspirando—. Me encanta esta casa, siempre he sido feliz aquí. Naomi es una mujer maravillosa y me comprende. Tiene la paciencia de una santa. Y las chicas son especiales. Admito que me habría gustado tener un hijo, pero quizá sea mejor así.

—Es mejor —dijo Kane en tono de no darle importancia—. Por la forma como abandona a su familia cada vez que le apetece, con un hijo podría tener problemas. Un hijo podría darle una paliza.

Jack se lo quedó mirando.

—No es eso exactamente.

—Sí, es eso.

Jack se encogió de hombros.

—Hábleme de su trabajo. ¿Le gusta trabajar para Ryan? ¿No estuvo usted en el ejército? ¿No le resulta aburrido lo que hace?

—Estuve en las Fuerzas Especiales —dijo Kane después de dejar su vaso en una mesa auxiliar al lado del sillón—. Casi nueve años.

—Excelente. Excelente —dijo Jack.

—Luego pasé a trabajar en seguridad para empresas privadas. Básicamente, era un mercenario a sueldo. He estado en las regiones más peligrosas del mundo y he sobrevivido. Se gana mucho dinero en esa clase de trabajo.

—Lo imagino —Jack cambió de postura—. Si alguna vez tengo que cambiar de profesión… ¿eh?

Kane se puso en pie y miró al padre de Willow.

—No somos amigos, Jack, y nunca lo seremos. Usted no me gusta y no me causa respeto; pero es el padre de Willow y, por mucho que me gustara cambiar eso, no puedo. Usted es un desgraciado. Tiene una esposa que lo adora y unas hijas que lo quieren, y no le parece suficiente. Quiere ir por ahí, divertirse, y las tiene abandonadas. Por supuesto, ellas también tienen parte de culpa, porque se lo consienten.

Kane se acercó a la puerta y volvió la cabeza.

—Si fuera por mí, lo habría echado a patadas hace mucho tiempo. Hágase un hombre, puede que hasta descubra que le gusta. En fin, haga lo que haga, no vuelva a hacer llorar a Willow en lo que le queda de vida. Si lo hace, lo despellejaré. ¿Está claro?

Jack asintió y Kane se marchó de la estancia.

Kane salió al jardín, necesitaba aire fresco. Pero sólo estuvo a solas unos segundos, Naomi se reunió con él.

—Espero no molestarlo —dijo ella—. Quería decirle que he oído lo que le ha dicho a Jack.

Kane contuvo un gruñido.

—¿Quiere que me disculpe?

—No, en absoluto —respondió ella con una sonrisa—. Me ha dejado impresionada. Quiero a Jack, pero conozco sus defectos. Quizá usted lo haga cambiar, aunque lo dudo.

—Y usted podría dejar de recibirlo en su casa —declaró Kane.

—Sí, podría, pero no voy a hacerlo. Ése es uno de mis defectos. No obstante, no quería hablar de mí, sino de Willow. Llevo años diciéndole a Jack que no la trate así, pero él no me escucha. Creo que, a partir de ahora, va a ser distinto.

—¿Por qué la tiene tomada con ella? ¿Por qué no con Julie o con Marina? —preguntó Kane.

Naomi suspiró.

—De pequeña, Willow tuvo dificultades respecto al aprendizaje. No fue nada serio; pero, durante un tiempo, estudiar le resultaba difícil. El médico dijo que era porque las conexiones de su cerebro eran algo diferentes. En cualquier caso, todo se solucionó al final y Willow iba bien con los estudios. Pero Jack no pudo, o no quiso, olvidar aquellos primeros años. Lo que no comprendo es por qué piensa que Willow no es tan bonita como sus hermanas.

–Es mucho más bonita que ninguna –declaró Kane.

Naomi sonrió.

–Lo dice objetivamente, claro.

Kane se encogió de hombros.

–Creo que Jack ve en Willow muchas cosas de sí mismo –dijo Naomi–. Willow siempre ha sido la soñadora de la familia. O lo era. Últimamente, parece tener los pies más en la tierra. Le encanta su nuevo trabajo en el invernadero.

Kane pensó en el ejército de plantas que estaba empezando a ocupar su casa.

–Sí, de eso ya me he dado cuenta.

–Antes me tenía muy preocupada la clase de hombres que Willow elegía como compañeros, pero ahora… –Naomi le tocó el brazo–. Usted es lo mejor que le ha podido pasar. Gracias.

Naomi lo dejó y entró en la casa.

Kane continuó en el porche. Sabía que su situación era más peligrosa con cada segundo que pasaba.

***

Esa noche, Kane estaba tumbado boca arriba con Willow acurrucada a su lado.

–¿Te ha resultado horrible? –le preguntó ella.

–No.

–El principio fue una pesadilla, pero luego todo mejoró. Le he contado a mi padre lo del trabajo nuevo e, increíblemente, me ha animado.

Kane la escuchó mientras ella seguía hablando con su suave y dulce voz. Empezó a desearla otra vez. Daba igual que hubieran acabado de hacer el amor, seguía deseándola.

Willow se incorporó apoyándose en un codo y lo miró. Estaba desnuda y sus largos cabellos rubios le cubrían los senos. Era una imagen sumamente erótica. ¿Qué demonios había hecho él para merecerse aquella mujer?

–Quiero decirte una cosa –dijo Willow–. Voy a decirla y tú me vas a abrazar. Luego, vamos a apagar la luz y nos vamos a dormir. No te está permitido decir nada. No quiero que digas nada. Esto es sólo cosa mía, ¿de acuerdo?

Un profundo temor le quitó el deseo. Kane asintió sin realmente querer.

Willow respiró profundamente y sonrió.

–Te amo. Te amo desde hace ya un tiempo, pero por fin estoy preparada para decírtelo. Te amo.

Willow volvió a tumbarse y cerró los ojos, añadiendo:

–Buenas noches, Kane.

–Buenas noches.

Kane apagó la luz. Willow lo amaba. No impor-

taba que él la creyera o no. Ella lo creía y era suficiente.

¿Cómo había permitido que ocurriese?

No quería el amor de Willow. Ni en ese momento ni nunca. Y eso iba a destrozarla.

Capítulo Once

A la mañana siguiente, Willow hizo el café mientras Kane se preparaba para ir al trabajo. Se sentía contenta y temerosa al mismo tiempo. Aunque no se arrepentía de haberle confesado su amor y se enorgullecía de sí misma por su valor, no podía evitar los nervios. Kane no quería tener novia y menos alguien que estuviera enamorada de él. ¿Cómo reaccionaría después de lo que ella le había dicho?

Willow le sirvió café en una taza con tapadera para que se lo tomara mientras iba al trabajo cuando Kane entró en la cocina.

—Buenos días —Kane la besó en la boca y luego agarró el café—. Tengo una reunión a las siete y media, así que será mejor que me dé prisa.

—Bien. Yo daré de comer a Jazmín.

—Estupendo —Kane volvió a besarla.

Willow le agarró las solapas de la chaqueta del traje y lo miró a los ojos.

—Respecto a lo que te dije anoche, no te ha molestado, ¿verdad?

—Willow, tú siempre te me vas a adelantar en lo que a las cuestiones del corazón se refiere… y eso no voy a cambiarlo.

Tras esas palabras, Kane se marchó. Al cabo de unos minutos, Willow se dio cuenta de que Kane no había contestado a su pregunta.

Willow se presentó en casa de Kane con una planta más. Esta vez se trataba de una orquídea. Al entrar, los tres gatitos la recibieron con maullidos de entusiasmo.

—Vaya, habéis salido de la caja solos. ¡Qué grandes estáis ya!

Willow empezó a acariciarlos. La gata madre se les unió. Sorprendente cómo habían salido las cosas. Hacía un par de meses había ido allí para insultar a Todd; ahora, su vida entera había cambiado. Estaba contenta con el trabajo, desesperadamente enamorada y su vida había cambiado de rumbo. Sí, la vida estaba llena de sorpresas… y buenas.

En ese momento oyó la llave en la cerradura de la puerta. Sonrió cuando Kane entró en la casa.

—Los gatos me tiene aprisionada. Vas a tener que rescatarme. ¿Te parece bien?

Pero en vez de sonreír, ofrecerle la mano o reunirse con ella en el suelo, Kane cerró la puerta tras de sí y dijo:

—Willow, por favor, me gustaría hablar contigo. ¿Podrías levantarte?

Kane no sonreía y ella se levantó con un súbito ataque de angustia.

Fue entonces cuando lo supo. Lo vio en sus ojos. Volvían a estar vacíos. Tan vacíos como cuando lo conoció.

–Kane…

–Esto ha sido una equivocación –dijo él–. Siento haber participado en ello. No debería haber permitido nunca que te hicieras ilusiones. Soy una persona solitaria por naturaleza y eso no puedes cambiarlo. No me interesa lo que me estás ofreciendo, Willow. No te quiero.

Kane había hablado con calma y con una claridad que la hirió mortalmente y de por vida. No podía pensar, no podía hablar…

–Yo… –comenzó a decir ella.

Kane la interrumpió:

–No es negociable. Te doy dos horas para que recojas lo que tengas aquí y te vayas.

No estaba sufriendo lo suficiente. Willow sabía que eso era una mala señal, se debía a que aún no había asimilado lo ocurrido. Pero si apenas podía soportar el dolor que sentía, ¿qué iba a hacer cuando lo sintiera de verdad?

–¿Qué puedo hacer por ti? –Marina salió de la cocina con el té–. ¿Quieres vino? ¿Vodka? ¿Que contrate a un asesino a sueldo para que mate a Kane?

Willow lanzó una carcajada, luego sollozó una vez más y agarró un pañuelo de papel.

–Lo quiero.

Estaba sentada en el sofá de Marina. Aún tenía en el coche las plantas que había sacado de la casa de Kane, y su hermana se había ofrecido para hacerse cargo de los gatos hasta que encontraran un sitio para ellos.

–Estoy… bie… bien –respondió Willow con voz quebrada.

–Sí, ya lo veo –su hermana se sentó a su lado y le puso una mano en la pierna.

–Lo peor aún está por llegar –lo informó Willow.

Uno de los gatos se le subió encima. Willow lo acarició.

–No es culpa suya –añadió Willow–. Me lo advirtió desde el principio y fue muy claro. Pero yo no lo creí. ¿Por qué hago esas cosas? ¿Por qué no escucho?

–Todos oímos lo que queremos oír.

Willow sacudió la cabeza.

–Es más que eso. Estaba orgullosa de mí misma. Por fin sentía que había superado esa manía mía de salvar a los hombres. Kane no necesitaba que nadie lo salvara. De hecho, ha sido él quien me ha ayudado a mí.

Willow se interrumpió, se sonó la nariz y agarró otro pañuelo de papel antes de añadir:

–Creía que lo tenía todo. Qué tontería.

–No, no es ninguna tontería. ¿Por qué no ibas a tenerlo todo?

Willow suspiró. Lo peor de todo era que no podía culpar a Kane.

–Él tenía razón. No es culpa suya.

–Es un desgraciado –declaró Marina–. ¿Cómo se ha atrevido a hacerte el daño que te ha hecho?

–Kane no ha hecho nada malo –le recordó Willow–. Me dejó muy claras las cosas.

–Pero todo cambió cuando accedió a salir contigo –insistió su hermana.

Willow agarró su taza de té y bebió un sorbo.

–Le dije que lo amaba. Creo que fue eso lo que le ha asustado.

Marina se la quedó mirando.

–¿Te has enamorado de verdad?

Willow asintió.

–Sí. Es el hombre de mi vida. Por fin sé que, hasta ahora, no me había enamorado nunca. Kane es fuerte, generoso y, cuando estoy con él, me siento completamente segura.

–No sabía que las cosas habían llegado tan lejos –dijo Marina con voz queda.

–Sí, así es. Lo amo y ya no está en mi vida.

Willow se echó a llorar otra vez.

–Oh, Willow –Marina la abrazó–. Lo arreglaremos de alguna manera. Ya se nos ocurrirá la forma de convencerlo para que vuelva contigo.

–No se puede. No puedo obligarlo a que quiera estar conmigo –dijo Willow–. Eso tendría que salir de él y no creo que vaya a ocurrir.

Era de noche cuando Kane regresó a su casa. Entró y… no oyó nada.

Los gatos no estaban, las plantas no estaban y Willow no estaba.

Había comida en la nevera. El aroma de ella aún impregnaba el cuarto de baño. Vio una camisa blanca colgando de la puerta; era la camisa que Willow había usado a falta de una bata. La agarró y la sostuvo en la mano como si aún pudiera tocar a Willow.

Pero no podía. Ella no estaba. Como él quería que fuese.

Kane regresó al cuarto de estar con la esperanza de que la paz y el silencio que solía sentir lo envolvieran. Pero aquella noche, sólo sentía inquietud. Se cambió de ropa tras decidir ir al gimnasio a hacer ejercicio durante una hora, quizá eso lo ayudara a dormir.

Era casi medianoche cuando, por fin, Kane se acostó. Estaba acostado y, sin embargo, no podía cerrar los ojos. El silencio era ensordecedor.

Por fin, se levantó, fue a por la camisa que ella había usado, y se la metió en la cama, a su lado. Una estupidez, pensó. No, no sólo era estúpido, era penoso.

Reconoció que la echaba de menos. Él, que siempre se había enorgullecido de no echar de menos a nadie, anhelaba su presencia más de lo que podía expresar con palabras.

Capítulo Doce

Kane agarró las llaves y el portafolios y se dirigió a la puerta. Pero antes de abrir, alguien llamó.

Era Todd.

—Menos mal que te he pillado en casa —dijo su jefe—. El coche está dándome la lata otra vez. ¿Podrías llevarme a la oficina? El mecánico va a venir a recogerlo luego y me dejará uno prestado mientras me arregla el mío.

—No hay problema —contestó Kane—. Ya salía.

—Estupendo. No he visto el coche de Willow, ¿se ha ido ya al trabajo?

—Se ha marchado. Hemos roto.

Todd arqueó las cejas.

—No lo sabía. Creía que os estaba yendo bien.

Kane abrió el coche con el control remoto y luego tiró su portafolios en el asiento trasero.

—Está bien, no voy a preguntar qué ha pasado —dijo Todd acomodándose en el asiento contiguo al del conductor—. Yo mismo no hago más que evitar a las mujeres últimamente. Ruth ha estado dándome la lata y, al final, no me ha quedado más remedio que acceder a conocer a Marina. ¿En qué estaría pensando yo?

Kane no contestó y no quería hablar de Marina. Le recordaba a Willow y pensar en Willow le hacía sufrir lo imposible.

Willow lo había cambiado, pensó Kane. El silencio y la soledad siempre habían sido su refugio, pero ahora no lo soportaba. Sentía frío y vacío a su alrededor.

—¿Qué le pasa al coche? —preguntó Kane a modo de distracción. Estaba dispuesto a hablar de cualquier cosa menos de las hermanas Nelson.

—No lo sé. Lo único que sé es que el motor no se pone en marcha. Es raro, ya que sólo tiene unos meses.

—¿No hace ningún ruido cuando le das a la llave? —preguntó Kane.

—Sí, hace ruido. Un par de veces se ha puesto en marcha y luego ha parado.

—No has enfadado a nadie últimamente, ¿verdad?

Todd lo miró fijamente.

—¿Crees que alguien le ha hecho algo a mi coche?

—No lo sé. ¿Tienes el número del mecánico aquí? —preguntó Kane.

—Sí.

—Llámalo y dile que no se moleste en venir, que tú mismo lo llevarás al taller luego. Voy a llamar a un tipo que conozco para que venga a echarle un ojo primero. Por si acaso.

Todd lanzó una maldición.

—No me gusta lo que estás diciendo.

De repente, un coche grande y a mucha velocidad los embistió desde un lateral, obligándolos a meterse rápidamente en otro carril de gran tráfico. El coche de Kane patinó, pero él mantuvo el control. A pesar de haber evitado el accidente, buscó al atacante con la mirada mientras se sacaba la pistola de la cartuchera.

Lo vio. Era un coche plateado de importación. Volvía a dirigirse hacia ellos. El sol le daba de cara y no podía ver al conductor.

–Agárrate bien –le dijo Kane a Todd antes de pisar el freno con brusquedad.

El coche plateado los adelantó como un rayo. Kane apuntó con la pistola, pero no apretó el gatillo. Sintió algo, quizá intuición, que lo informó de que Willow no podía matarlo a él ni a nadie.

Lanzó un juramento, apuntó con la pistola otra vez y, de repente, vio al coche estrellarse contra un poste.

Kane detuvo el coche en la cuneta y llamó a la policía. Ya había salido de su coche y se estaba acercando al accidentado cuando la operadora contestó la llamada. Dio la dirección del accidente y describió lo ocurrido mientras se preguntaba qué otras cosas había cambiado Willow en él y cómo iba a volver a ser el que era antes de conocerla.

Kane acabó con la policía algo antes de las diez y media aquella mañana. Su coche había sufrido daños, pero aún se podía conducir. Estaba a punto de subirse en él cuando uno de los paramédicos se le acercó.

—¿Necesita que lo examinemos? —le preguntó el paramédico.

—No, estoy bien. Llevaba abrochado el cinturón de seguridad.

—Igual que el chico. De lo contrario, estaría muerto.

Kane clavó los ojos en coche, siniestro total.

—La policía ha dicho que era un adolescente y que había perdido el conocimiento.

El paramédico asintió.

—Tiene diecisiete años. Según su madre, es diabético. Al parecer, no se había puesto la inyección esta mañana y le ha dado un ataque. Cuando lo embistió a usted, estaba fuera de sí; dudo que supiera que estaba conduciendo. Usted ha llevado la situación muy bien. Si se hubiera vuelto a chocar con usted, no creo que hubiese sobrevivido.

El paramédico se marchó.

Kane, al lado de su coche, tomó aire. Un chico de diecisiete años. ¿Y si le hubiera disparado? Dadas las circunstancias, no lo hubieran culpado de asesinato. Su arma tenía licencia y él era un profesional; sin embargo, eso no habría sido ningún consuelo para la familia del muchacho. Ni para él mismo.

Seis meses atrás, habría disparado sin pensarlo dos veces. Ahora, no había sido capaz. Y sabía por qué.

Esa noche, Kane se emborrachó solo en su casa. Se lo merecía. Quizá, con el suficiente alcohol en su cuerpo, podría olvidar lo ocurrido aquella mañana.

Quizá también pudiera olvidar a Willow y lo mucho que la echaba de menos.

Quizá. Pero lo dudaba.

Willow miró a su jefa.

—Beverly, sólo llevo trabajando aquí un mes.

—Lo sé —respondió Beverly con una sonrisa—. Deberías asentir y darme las gracias.

—Gracias —dijo Willow con sinceridad. Acababa de recibir una buena subida de sueldo.

—Eres todo un hallazgo —le dijo Beverly—. Se te dan bien las plantas y tratar con los clientes, y eso no es fácil. Con tu ayuda, puedo ampliar el negocio. Eres organizada y creativa, y muy fácil de tratar. No quiero que me dejes.

Willow estaba encantada.

—No quiero irme —admitió ella—. Me encanta trabajar aquí. Gracias por la subida de sueldo.

—De nada.

—Bueno, voy a volver con las exóticas.

—Estupendo. Sigue con lo que estabas haciendo, están preciosas.

Willow se despidió y se dirigió a la parte posterior del invernadero. Se sentía bien, muy bien… de no ser por el gigantesco hueco que ocupaba el lugar que había ocupado su corazón.

Una hora más tarde, tenía los brazos enterrados hasta los codos en la tierra.

—Hola, Willow.

Se volvió y vio al alto, guapo y bien vestido hombre que estaba de pie a su lado. Cabellos oscuros, ojos oscuros y parecido al prometido de Julie, Ryan.

—A ver si lo adivino. Eres el infame Todd Aston III.

—Por fin nos conocemos. Tengo entendido que querías decirme unas cuantas cosas.

—¿Para eso has venido?

—No, pero te escucharé si eso te hace sentirte mejor.

—No —en el pasado, habría sido otra cosa; pero ahora tenía otras preocupaciones—. Julie y Ryan se van a casar, eso es lo único que me importa.

—A mí también.

Willow se lo quedó mirando.

—No te sorprendas tanto —le dijo él—. Ryan y yo somos amigos de toda la vida. Lo quiero mucho. Si lo que le hace feliz es Julie, a mí también.

Todd cambió de postura y añadió:

—¿Cómo estás? Tengo entendido que habéis roto.

¿Era ésa la razón de la inesperada visita? ¿Quería Kane información? Lo dudaba.

—No me va mal.

—A Kane sí. Está realmente mal.

El primer impulso de Willow fue irse a buscar a Kane e intentar ayudarlo. Pero él le había dejado muy claro que no la quería a su lado.

Willow se puso en pie y se sacudió los pantalones vaqueros.

—Lo siento, pero no es asunto mío.

—No sé lo que ha pasado entre vosotros dos, pero conozco a Kane desde hace años. Es un tipo estupendo —Todd frunció el ceño—. Que yo sepa, eres la primera novia que ha tenido. Así que… quizá pudiera darle una segunda oportunidad, ¿no?

Willow lo miró fijamente.

–¿Crees que he sido yo quien ha roto la relación?

–¿No es así? Por la forma como Kane se está comportando, suponía que…

–Pues no. Ha sido él quien me ha dejado. Me dejó muy claro que no quería saber nada de mí. No nos hemos peleado ni hemos discutido; simplemente, Kane decidió que se había acabado.

–No lo sabía –dijo Todd sintiéndose incómodo.

–Pues ahora ya lo sabes. Estoy enamorada de Kane, se lo dije y creo que a él le molestó. Kane no quiere que le dé una segunda oportunidad.

–Lo siento.

–Sobreviviré. Las mujeres de mi familia son fuertes, aunque a veces cometamos errores al elegir a los hombres.

–Si puedo hacer algo…

–No, gracias –Willow se llevó las manos a las caderas–. Espera un momento… ¿Por qué te has molestado en venir aquí para intentar arreglar las cosas entre Kane y yo?

–Ya te lo he dicho, quería ayudar a mi amigo.

–Vaya, no eres tan horrible como pensaba. Después de lo que te costó aceptar la relación entre Julie y Ryan…

–Lo que pasa es que pensaba que a Julie le interesaba su dinero.

–Ella jamás haría eso.

–Sí, ahora lo sé.

–Deberías haberle concedido el beneficio de la duda.

–Con mi experiencia, imposible.

–Ya, entiendo. Así que estás dispuesto a desconfiar de todas las mujeres que conozcas sólo por el hecho de que, en el pasado, has elegido mal, ¿no? Tendré que decírselo a Marina.

–¿Sabías que íbamos a salir juntos? –preguntó Todd incómodo.

–Sí. Todas estamos contando las horas que faltan para vuestra cita.

Todd sonrió.

–¿Se parece más a ti o a Julie?

–Eso tendrás que decidirlo por ti mismo. Pero te voy a decir una cosa, Marina es muy inteligente; así que no te pases de listo con ella.

–Lo tendré en cuenta. Bueno, Willow, ha sido un placer conocerte. Siento mucho que Kane haya sido tan estúpido como para dejarte. Creo que habrías sido buena para él.

Willow asintió, en parte porque los ojos empezaban a escocerle. Mantuvo el control hasta que Todd se hubo marchado; entonces, dio rienda suelta a las lágrimas.

Aquella noche, Willow estaba acurrucada en su sofá esforzándose por interesarse en el vídeo que había alquilado. Era una comedia y parecía muy divertida, pero ella no reía. Quizá fuera por lo triste que estaba.

De repente, oyó ruido al otro lado de la puerta

de su piso. Parecían arañazos. O gemidos. O las dos cosas.

Se acercó a la puerta y la abrió. Un adorable cachorro de perro se la quedó mirando.

Encantada, Willow se arrodilló. El cachorro se lanzó a sus brazos y empezó a lamerle la cara.

—¿Quién eres? ¿De dónde has salido? ¿Estás perdido?

—No es él quien está perdido —dijo Kane saliendo de las sombras.

Willow se quedó inmóvil. El corazón dejó de latirle. Dejó de respirar.

Kane avanzó, agarró al cachorro con un brazo y, con el otro, la ayudó a levantarse.

—¿A qué has venido? —preguntó Willow sin saber qué decir, qué pensar.

—¿Puedo entrar?

Willow lo dejó pasar. Kane dejó al cachorro en el suelo, que corrió hacia ella y empezó a lamerle los pies descalzos.

Willow volvió a arrodillarse y tomó al perro en brazos.

—¿Tiene nombre? —preguntó Willow, prefiriendo hablar del perro que de otra cosa.

Quería creer que la presencia de Kane allí tenía un significado especial, pero no estaba segura. Y no quería hacerse ilusiones.

—Todavía no. Pensé que te gustaría elegirlo a ti —Kane se arrodilló junto a ella—. Es tuyo. Lo he comprado para ti. Pero vive conmigo. Así que, si lo quieres, vas a tener que volver conmigo tú también.

Willow tragó saliva. Bien, había esperanza, pero también tenía miedo.

–¿Quieres que vuelva?

–¿Que si quiero que vuelvas? –Kane sacudió la cabeza–. Eso es demasiado poco, Willow. Creía que sabía lo que quería: soledad, mi mundo… Lo tenía todo pensado. Sabía lo que significaba querer a alguien y no quería que volvieran a traicionarme. Hasta que apareciste tú.

La esperanza estaba ahí, luminosa. La respiración se le aceleró.

–Creía que quería vivir en una isla casi desierta yo solo. Creía que quería lo que tenía. Hasta que te conocí. Después de eso, todo cambió. Ahora quiero ruido, confusión, conversación y risas. Quiero velas y plantas y comida y tus cosas por todas partes.

–No soy tan desordenada.

Kane sonrió y luego le acarició una mejilla.

–Siento lo que te dije y siento haberte hecho sufrir. No lo soporto. Te echo de menos, Willow. Te deseo, no puedo soportar la vida sin ti. Te necesito con desesperación. Me has convertido en un hombre que jamás pensé que sería. Me has cambiado por completo. Como nunca había estado enamorado, no me había dado cuenta de lo que era.

¿Amor? ¡Amor!

Willow soltó al cachorro y abrió los brazos a Kane.

–¿Estás diciendo…?

–Que te amo –Kane la estrechó en sus brazos–.

Te amo y siempre te amaré. En la salud y la enfermedad, con niños y casas y lo que sea. Es decir, si puedes perdonarme, si todavía me quieres.

Willow se apartó y lo miró a los ojos fijamente.

—¿Qué? ¿Creías que me iba a desenamorar de ti así como así?

—Te he hecho daño, he sido cruel. Lo que te hice no tiene disculpa. Lo único que puedo hacer es prometerte que jamás volveré a hacerlo.

Kane no era un hombre de falsas promesas. Ella tenía fe ciega en él y siempre lo querría.

—Te quiero —dijo Willow.

—¿Te casarás conmigo?

Willow sonrió.

—Sí. ¿Nos quedamos con Jazmín?

—Por supuesto —contestó él sonriendo.

—¿Y con uno de sus hijos por lo menos?

Kane suspiró.

—Tú decides.

—Espero que se lleven bien con Bobo. Va a ser un perro muy grande.

Kane cerró los ojos y lanzó un gruñido.

—El perro no se va a llamar Bobo.

—¿Ensaimada?

—Es perro, no perra, Willow. ¿Qué te parece Blackie?

—Me gusta más Stan.

Kane volvió a gruñir. Willow se acurrucó en sus brazos.

—Vamos a necesitar una casa más grande. No es que no me guste Todd, pero… ¿tenemos que vivir tan cerca?

–Nos iremos a vivir a otra casa. ¿Y desde cuándo te gusta Todd?

–Es parte de la familia. No te preocupes, no tienes motivos para estar celoso.

–Me alegra saberlo. Compraremos una casa con jardín.

–Sí, uno muy grande.

–Me gusta tu forma de pensar –Kane la miró a los ojos–. Te amo, Willow. Has cambiado mi vida.

–Te he salvado –Willow sonrió traviesamente–. Aunque ya no salvo a nadie, a excepción de plantas y animales. Vamos a tener hijos, ¿verdad?

Kane empezó a desabrocharle la blusa.

–Por supuesto.

Kane le quitó la blusa.

Willow volvió la cabeza y vio a Stan dormido encima de un cojín en el sofá.

–No debemos hacer ruido –susurró ella.

Kane se levantó, la tomó en brazos y la llevó al dormitorio.

–Ahora no importa que hagamos ruido

–Sí, tienes razón.

**En el deseo titulado *Trato millonario* podrás
encontrar la siguiente novela de la miniserie
de Susan Mallery
PLACER MILLONARIO**

Deseo™

La mejor tentación

Caroline Cross

El ex agente de la policía militar John Taggart Steele no podía creer el lío en el que se había metido. Aquella misión debería haberle resultado muy fácil, sólo tenía que localizar a Genevieve Bowen, una mujer que había huido después de haber sido testigo de un asesinato. Pero John acabó esposado a la cama de la atrevida joven... y en lugar de pensar en cómo liberarse, se sentía seriamente tentado a meter a Genevieve en esa misma cama y darle un par de lecciones sobre dominación...

Le enseñaría lo que ocurre cuando se juega con el corazón de un hombre desesperado...

Julia™

Bianca™

Habían pasado una noche de pasión, pero al día siguiente los secretos los habían separado...

Emily Lawton no esperaba volver a verlo nunca más después de la única noche que había pasado con él, pero Vito Corsentino había conseguido encontrarla. El apasionado siciliano deseaba a Emily tanto como en el pasado, pero esa vez sería él el que la abandonaría.

Lo que no sospechaba era que la dulce Emily tenía una última sorpresa que darle... ¡iba a tener un hijo suyo! Si Vito se enteraba, querría algo más que vengarse...

Venganza siciliana

Kate Walker